JN065017

アラフォー少女の異世界ぶらり漫遊記 2

ライゼン
祈里の旅に同行している傭兵の青年。
実は、元魔王なのだが、
祈里はその正体に気づいていない。
三上祈里（みかみいのり）
十年前、三十歳で勇者として
異世界に召喚された元OL。
魔王討伐後、王となりグランツ国
をつくったが、ひょんなことから
美少女に変身したのを機に
お忍び旅を満喫中。
CHARACTERS
登場人物紹介

アルメリア
グランツ国の聖女で
外交担当。
祈里の親友でもある。
システィ
グランツ国の諜報部長。
祈里に絶対的な忠誠を
誓っている。
シアンテアレア
グランツ国の経済大臣。
エルフには珍しく人間と
交流するのが好き。
アンソルスラン
人魚の長。
魔王
十年前、祈里に
よって倒された。
エゼルヴァルア
元魔王軍幹部のダークエルフ。

第一章　人魚編

その一　港町の名物です。

三十歳の誕生日に異世界へ勇者として召喚されたあげく、男と間違われつつ王様業をやるなんて、人生何があるかわからないもんだ。

さらに、山のようなお見合いを押しつけられるとは思わなかったし、やけ酒ついでにかっくらった魔法薬で、推定十歳の銀髪碧眼美少女（ぎんぱつへきがんびしょうじょ）になるなんてわけわからん。

だがそのおかげで私、三上祈里（みかみいのり）はただいま異世界お忍び旅を満喫していた。

いやぁ、ここに来るまでに紆余曲折（うよきょくせつ）あったけどね。

見た目のせいで移動が難しかったり、主に酒を飲めなかったり！

だがそれも、途中で捕まえたお供の傭兵、ライゼンのおかげで解消したもんだ。

ライゼン・ハーレイ。私的に世界で一番旅が似合いそうな名字の彼は、二十歳（はたち）の青年だ。

彼は旅の連れとして申し分ないだけでなく、私が勇者王だと知った後も態度を変えなかった貴重な人物である。

道中なぜか盗賊をぶっ飛ばしたり、瘴魔（しょうま）をぶっ飛ばしたり、ぼんくら領主をつるし上げたり観光以外の事もしていたけど、それはそれ。

私達はスイマリアで開催される天燈祭を目指して旅を続け、隣国カローエに入ったのだった。

☆　☆　☆

「青い空、白い雲、そして……」

くるっと回って銀の髪をなびかせた私は、水平線がどこまでも広がる海洋へ雄叫びを上げた。

「煌めく海、だ――――!!」

今、私はカローエ国にある港町、ヴェッサにいた。

このあたりは夏でも過ごしやすい気候なのだが、海辺だから日差しも強いしさすがに暑い。

しかし視界に収まらないほど広々とした港には、様式も大きさも様々な船が船首をつらねていて壮観だ。

この港はカローエの中で一番大きく漁業が盛んな上、貿易船の補給地点としても頻繁に利用されている。つまりはめちゃくちゃ人が集まって賑わっているのだ。

私が青空に拳を突き上げている間も、様々な種族の船員や商人が行き交っている。

ほんほんさすがに獣人系の種族も多いな。あれは大陸の向こうから来ている人じゃないか！　服の様式が違うぞわあすげえ！

ふっ、こんな風にはしゃいでいても大丈夫。

だって今の私は推定十歳児！　どこか微笑ましげな船員達の視線さえスルーすれば、まったく問題ない！

と言うわけで遠慮なくお上りさんをしつつ、樽のひとつに座って足をぶらぶらさせていると、ライゼンが戻ってきた。

「祈里、船便が取れたぞ。出港は二日後だが、長くとも三日でスイマリアに着くらしい」

「いよっしゃ！　天燈祭には間に合いそうだね」

私は弾んだ気分で樽から飛び下りた。

順調かと思っていた私達のお忍び旅だが、石城迷宮の主であるカルモの所に滞在した事から、徒歩だと間に合うかぎりぎりな行程になっていた。

どうしたものかと悩んでいた時、私はこの港町ヴェッサの事を思い出したのだ。

ヴェッサには旅船も寄港するから、スイマリア行きの船もあるかもしれない。どうせ道すがらだと一縷の望みにかけた結果、見事大当たりしたのだった。

「最後の二席だった。天燈祭が近いからこの時期はスイマリアへの船便が埋まってしまうそうだが、今回は席の埋まりが比較的緩やかだったらしい」

「その幸運に感謝しないとね」

ふふふ、ツイているぞ。運命ですら私達の旅路を応援していると言っても過言じゃない！

船は少々高いけれども、カルモに山ほど押しつけられた魔力結晶のおかげで旅費の心配はいらないのだ。

出航まで二日待ったとしても、スイマリアへは三日で着く。陸路で行くと、大回りになって十日はかかるからこの差は大きいぞ。祭りは始まる数日前から面白いもんだと相場が決まっている！

「宿が密集している区域があるらしい。今日はそこで宿を取るぞ」

「おうさぁ！」

「……妙に生き生きしてないか」

ライゼンにいつものごとくいぶかしそうな顔をされたが、今回はまっとうな理由があるんだぞ。

「だって港なら！　おいしいお魚が食べられるだろうっ!!」

港町と言えば新鮮でおいしいお魚が、お安く手に入ると決まっている！　そう私がなぜ隣国の港町を知っていたかと言えば、魚が手に入る場所だったからなのだ。

シンプルに塩を振って焼いた魚はそれはそれでおいしいし、蒸し焼きや煮込みも味わいたい！と言うか直火（じかび）の焼き魚の香ばしさは半端ない。

宿の夕ご飯を断って、自分で焼き魚大会としゃれ込もうと画策しているくらいだ。

イカもタコも貝も食べたい。焼くだけなら私でもなんとかなるから、レモン振りかけてかぶりつきたい。そこにビールがあれば言う事はない！

できれば刺身が食べたいところだけど、夏場の今はさすがにやめといたほうがいいかなあ。

それくらいの頭はある。いや食べたいけど、釣りたてならありか……？

ほくそ笑んでいる私が食欲魔人になっているのがわかったのだろう、ライゼンが胡乱（うろん）な目を向けてきた。

「今の時期、刺身はやめてくれよ」

「もちろんだって……あれ？」

反射的に返した私だったが、首をかしげた。

「私がどうして刺身食べたいってわかったの？　そもそも刺身なんてよく知ってたね」

ライゼンに言った覚えないんだけど。

生魚を食べる習慣って、私が鮮度を保ったまま魚を運ぶ流通網を確立させたグランツ以外ではあまりなかったはず。

不思議に思っていると、ライゼンはちょっと驚いた顔をしたが何でもないように言った。

「勇者王が生で魚を食べる『サシミ』を好んだというのはわりと有名だぞ。夏以外なら名物にしている港町はそれなりにあるはずだ」

「えーそんな事まで知られてるの、うわ恥ずかしい」

私は少々顔を赤らめた。

勇者の旅時代は和食が恋しくて、醤油（しょうゆ）欲しいせめて魚食いたいと、事（こと）あるごとに語っていた。

和食気分が味わえそうな時は、そりゃあもう目を血走らせて食いついていたせいで、他の人に自然と興味を持たれる事は多かったし、私も持てる知識を駆使して布教したものだ。

おかげで魚醤（ぎょしょう）やカルパッチョは大いに浸透したよね！

まあ、そんな感じでうっかり広まったものは結構あるのだが、まさかそんなエピソードまで伝わっていたとは。ちょいとばかり恥ずかしいが、気にしない方向でいこう。

「ここらの宿屋で出てくるのはたいてい魚だろう。なくても持ち込めば焼いてくれるはずだ。とっとと行くぞ」

「あったらイカとタコと貝も買おうっ。バーベキューバーベキュー！」

「ちゃんと火を通すと約束するか？」

「いえす！」

だからまあ、ライゼンが何かをごまかしているように思えたのも、気のせいだろう。

しょうがないと苦笑するライゼンの隣を歩きつつ、私はまだ見ぬ魚とイカタコ貝に期待を膨らませていたのだった。


無事宿を確保した私とライゼンは、早速魚の確保のため市場にある魚屋にたどり着いた。

のだが。

「え、高っっっか」

私は、十歳児キャラが守れないほどの衝撃を受けていた。

地元の住民も訪れそうな普通の魚屋さんで、そろそろ夕飯の買い出しで賑わう時間帯だ。

にもかかわらず、魚屋の店先に並ぶのは、塩漬けの切り身ばかり。わずかばかり並ぶ生魚には、目が飛び出るほどの値段が付けられていた。

旅先ならではの金に糸目は付けないぜ！　な気分も一気に冷めるお値段である。

夏場だから、生魚を軒先に出しづらいと言うのならまだわかる。

だが、グランツ国が開発した保冷庫がでーんと鎮座しているんだ！　そんなことないだろ⁉

私の衝撃ぶりに気を悪くした風もなく、ねじり鉢巻きをした店主のおっちゃんが応じてくれた。

「嬢ちゃん船に乗りに来たんだろ。そんなに魚を楽しみにしてくれたのかい」

「うんめっちゃくちゃ」

「おい、祈里……」

ライゼンがすっかり兄のように突っ込み、謝罪の眼差しを魚屋のおっちゃんに向けるが、おっちゃんは気にせず言った。

「いやいやかまわないよ。それは残念だったな。実はな、領主様が市民を守るためって言って船を出すのを禁止してるんだよ」

「え？」

おっちゃんの言葉に、思わず美少女らしからぬひっくい声が出た。

漁師に漁に出るな、なんて一体なにを考えてるの。一日海に出られないだけで収入がなくなるんだぞ。殺したいの？

思わず眉間に皺が寄りかけた私だったが、ライゼンがおっちゃんに質問する声で冷静になった。

「店主、どういう事だろう」

「つい数週間前から、なぜか人魚族の連中が船を襲ってんだよ。おかげで一番獲れる漁域に入れなくてな、俺達も困っているんだ。人は無事でも船壊されちゃ堪んねえって言うんで、仕方なく領主様のお言葉に従ってるって寸法よ」

「人魚族、ってあの人魚族？」

「おう、嬢ちゃんが絵本で知ってる人魚族だよ。美しい声で歌う、足にヒレがついて海で暮らすやつらだ。今まで持ちつ持たれつでうまくやっていたと思っていたんだけどなあ」

疲れたように息をつくおっちゃんに、私は目を丸くするしかない。

エルフ、獣人、ドワーフと様々な種族が暮らすこの世界でも、人魚は特異な存在だ。

海を自在に泳ぎ回る彼らは陸の人々とほとんど交流を持たず、そもそも国を持っているかもわからない。その理由は陸にまったく興味がないからだ、と私は知っている。

だからよっぽどの事がない限り、頭上を通っていく船なんて無関心なはずなのだけども。その人魚族が船を襲う……？

内心首をかしげつつ、ライゼンの問いかけに耳を傾ける。

「船を沈められるのなら困るだろう。その割には貿易船は制限されていないようだが」

「人魚族が縄張りにしている特定の海域を避ければ大丈夫って言うんで、そこを通らねえ船は止めてねえらしいんだよ。ただ、船が沈むかもしれないって噂が広まって、旅船なんかは客足が悪くなっている……おっといけねえ」

私達が旅人なのを思い出したんだろう、魚屋のおっちゃんは口をつぐんだが、ライゼンは首を横に振った。

「気にしないでくれ。船便が取れた理由に納得がいった」

「もしかしてスイマリアに行くのかい？　それなら良かったなあ。あっちのほうは安全だから、問題なく着くぜ」

太鼓判（たいこばん）を押してくれた魚屋のおっちゃんだったが、すぐに困ったように頬を掻（か）いた。

「まあだが、そのせいで名物のリトルクラーケンも出せねえんだよなあ」

「リトルクラーケン……？」

私が震えながらおっちゃんに問いかけると、おっちゃんは苦笑いを浮かべながら、軒先（のきさき）の看板を指し示す。

「陸の人にはあんまりなじみがねえか。海の化け物って呼ばれているイカみてえな魔物のクラーケンがいるのは知ってるだろ。この海域にはそれより一回り小さい、リトルクラーケンってのがいるんだ。と言っても嬢ちゃんくらいはある充分な化けもんだがな」

観光客向けに話し慣れた口調で、身振り手振りを交えつつおっちゃんは蕩々（とうとう）と語る。

「けどまあ、武器や魔道具の素材にしかならねえクラーケンとは違って、リトルクラーケンは煮ても焼いても味がいい。今の時期なら生が最高だ」

「生!?」

「陸の人にはなじみがねえだろうが、ここらでは当たり前だぞ。生と火を通した時の違いは食ってみないとわかんねえ。噛（か）みごたえもあるのに柔らかくてなあ。普通のイカじゃこうはいかねえ」

おっちゃんはうっとりと続けた。

「いつもなら食べやすい大きさに切って、串に刺して焼いたもんがどこでも売ってるし、スライスしたリトルクラーケンはここらの宿屋では定番なんだよ。特に俺は一夜干ししたリトルクラーケンをあぶるのが一等好きでなあ。マヨネーズを付けた時には、もうビールが止まらねえっ……って後半は嬢ちゃんには興味ない話だな」

いえその言葉で唾液が止まらないんですが。同時に悔しさが収まらないんですが!!

でも私は現在十歳児。ビ、ビールなんて人前で飲まないもん。いやそれよりも堂々とイカの刺身が食べられたかもしれないなんて――!!

「兄ちゃんよう、嬢ちゃんが頭を掻きむしらんばかりに悔しそうだが」

「……いつもの事だから、気にしないでやってくれ」

「そうかい？　まあそういうわけで、魚は食えねえだろうが、貝ならあるぞ。巻き貝に二枚貝、特におすすめは今が旬の牡蠣だ。こいつを生で食えるのはヴェッサならではだからな。地ビールとも相性抜群だ」

「なまがき!!」

「おうよ、柑橘果汁をきゅうっと絞って食えば最高だぜ。貝は海岸で獲れるからいつもと変わらん値段だぜ」

「ああ、ではその生牡蠣と……貝料理のおいしい屋台か店を知らないだろうか」

私のきらんっとした視線の意味を正確に理解したライゼンは、おっちゃんに神妙に質問してくれたのだった。

市場から漁港のほうに移動した私は、貝料理とライゼンが入手してきた地ビールを堪能していた。

おっちゃんのおすすめが漁港側にある屋台だったのだ。

すぐに食べられるようにと、魚屋のおっちゃんは牡蠣の殻を開いてくれていた。

途中で買ったレモンをナイフで切ってきゅうっと絞る。爽やかな香りをまとった牡蠣をそうっとフォークですくって口に放り込むと、磯の濃厚なうまみが広がった。

ミルキーな味わいに陶然となりつつ、くいっとビールを傾ける。

この土地のビールは、ちょっと濁りのある明るめの琥珀色で、花のような香りがする。

苦みの少ないそれは牡蠣の甘みを消し去る事なく、だが炭酸の刺激と共にさっぱりと口の中をリセットしてくれた。

「くうっうまい！」

この海をぎゅっと濃縮した味わい最高！　ビールに合う合うっ。

海風と大海原がスパイスになっていて、より気分を盛り上げてくれた、が。

私はがっくりと、肩を落とした。

「やっぱり魚とクラーケン焼きが食べたかったよう……」

これじゃない感がどうしてもぬぐえなかった。いやおいしいんだよ、最高にうまいんだよ。まさか生牡蠣食べられると思ってなかったし。だけども、魚！　次いで今知ったリトルクラーケンで頭がいっぱいになっていて残念感が消せないんだ。

ビールを傾けながらも、私がさめざめと落ち込んでいると、一緒に買い込んだパンをお供に別の貝をつまんでいたライゼンが慰めるように応じた。

「こっちの酒蒸しした貝もいけるぞ。値段もずいぶん安かった」

「あぶれた漁師がこぞって獲ってるから、いつもより安くなってるって言ってたからね」

消費者としては嬉しいが、長い目で見るとまったく良くない状態だ。

こうして漁港を見ても活気はなく、私のように落ち込んだ風の漁師達が飲んだくれているのが確認できた。

そりゃあ何日も漁に出られなかったらそうもなるだろう。死活問題なわけだし。

領主さんの判断は正しいと言えるんだけど、もやっとするのも確かだ。

「気になる事が山ほどある顔だな」

「ここ私の領地じゃないもの。手出しする気もないもの。たださー禁止にしといて補償金も出さないっていうのはどうかなーとか思うわけ」

「住民達に不満はないように見えるが」

「そりゃあ人魚族っていう明確な脅威がいるからね。そっちに不満が行くのは当然でしょ」

やっぱり手が届かない人より、手の届くものに感情の矛先が向くのが人間だもの。

ただ人魚族に関して、もやあっとするんだよなあ。

……うん、よし。決めた。

「祈里、なにを考えている」

不穏な気配を察知したらしいライゼンをよそに、もう一枚牡蠣を堪能した私は、座っていた樽からひょいっと立ち上がって彼に向き直った。

「ライゼン、私はクラーケン焼きが食べたいです」

「だが人魚族がいて漁に出られない上、俺達は二日後には船に乗らなければいけないんだぞ」

「ならば二日で騒動を治めてリトルクラーケンを堪能してみせよう！」

すべてはおいしい魚とクラーケン焼きのために！

えいえいおー！　と拳を突き上げた私に、ライゼンはやれやれと頭を振っていたのだった。


というわけで、私は人魚が出没し始めた原因を探ろうと、漁師達に話を聞いて回る事にした。

方法は単純だ。

そのいち、船のそばで暇そうなおじさんを探す。

そのに、きらきらととびっきりの美少女スマイルを浮かべる。

そのさん、興味津々に船や漁を褒める！

「おじさんおじさん、とってもすてきなお船ね。わあ、この網でお魚を獲るの！　はじめてみたわ！　こんな大きなものを使えるなんておじさんはすごいのね！」

「へへへ、そうかい？」

「ねえねえどんな風に獲るの？　教えて！」

最初はうさんくさそうにしていた漁師のおじさん達も、私が船について熱心に聞くと、でれでれとしつつ話してくれた。

たぶん漁に出られない鬱屈もあったんだろう、だいたいのおじさんはあっちこっちに話を飛ばしながら、饒舌(じょうぜつ)に語ってくれたものだ。

傍(かたわ)らで保護者役をしていたライゼンに、ちょっと気味悪そうな顔を向けられたけど。

テーマは育ちの良い世間知らずの素直なお嬢さんだ、うまくやれてただろ？

「君は敵に回したくないな」

「おじさん達を罠に嵌(は)めた覚えはないけど？」

休憩として低い塀に座った私は、魚のオイル漬けを挟んだサンドイッチを食べつつ応じる。

ただ、彼らの得意な事を教えてもらっただけだ。

その中で困っている事や不満を話せるように誘導しただけ。私も漁業については詳しい知識がなかったから楽しかったし。

今の船は錬金炉心(れんきんろしん)っていうエンジンで動くんだって。こんな所にもグランツ国の技術があるなんて。しかもリトルクラーケン漁は強化魔法を使って船から銛(もり)を投げるんだってよ!?　すごくない!?

ちなみにうちの情報収集を一手に引き受けているシスティだともっとすごいんだぞ。いぶかしいと思わせる間もなく、懐(ふところ)に入って必要な情報をしゃべらせるんだからな。

「とはいえ、あんまりヒントになりそうな話は聞けなかったね」

「愚痴(ぐち)ばかりだったからな」

私は情報を整理するためにも、聞いた話を挙げていった。

「まず、人魚達が現れたのは約ひと月前」

「これはどの漁師の話でも共通だったな。その前から漁獲高は減っていて、散々だと話していた」

「うん。それで人魚達はこの海域に入るな、と突然忠告してきた。忠告を無視した漁船はすべて人魚に追い返され、最悪、船を沈められている。ぎりぎり死人がいないのが幸いかな」

「領主の対応としては、人魚が出現した直後から、漁船の出航禁止令が出ている。さらに人魚を追い払うために私設軍の兵士を乗せた船が出ているようだ。が、調査に手こずっているのか、続報はなし」

「人魚がなぜそんな行動に出たかは、わからずじまい」

そう締めくくった私に、ライゼンは困惑した顔で言った。

「人魚による実害は明白だ。だが人魚を君がどうにかするのはさすがに無謀じゃないだろうか」

「う――ん」

「納得できないのか」

「ありていに言えばそう」

集めた情報では、人魚が人間に害を及ぼした、という答えにしか行きつかない。

領主の対応の仕方が鈍いのも気になるけど。それ以上に納得できない理由があるのだ。

「だってあいつら、そこまで人間に興味がないもん」

「君は人魚族について知っているのか」

「勇者時代にちょっと協力してもらった事があるんだよ」

驚いて軽く目を見開くライゼンに、私は肩をすくめてみせる。

享楽的(きょうらくてき)で水のようにつかみ所のない人魚は、陸の人間の事なんてほとんど興味がない。

それだけ海が広くて、生きていくための資源が豊富だから、その中で生活が完結しているのだ。世界を脅かす穢れた泥、瘴泥は水の中だと流れていきやすく、広い広い海のおかげで深刻な被害を起こしづらい。だからだいたいはゆっくりと自然浄化されていく。さらに海神の加護で独自の浄化ができるため、人魚達は勇者がいなくてもとりあえず大丈夫だったのだ。

そんな彼らに、当時協力をお願いするのがどれだけ大変だったか……

うん、あと興味を持ったら一直線になるのもやめてほしかったね。

まあそんな感じで独自の文明を築いている人魚達だから、今回の船を沈めるという行為が結びつかないのだった。

けれどライゼンも神妙な顔で言う。

「だがな、漁師達はまた人魚のいたずらだろうと口々に言っていたぞ。歌声に惑わされた船が海上をさまよったり、座礁しかけたりするのは以前もよくあったらしいじゃないか。今回は領主が事前に被害を食い止めた、ともとれる」

「それは、否定できない……」

人魚族、過激な遊び、大好きだからな……。愉快犯的な一面があるし、私も彼らの声に惑わされないのをめっちゃ面白がられて、耐久コンサートに付き合わされたもんだ。

まあどっちみち、人魚の妨害をどうにかしない事には、漁が再開されないのは確かだ。

「せめて、なんでそんな事をしているかわかれば良かったんだけど。まあしょうがない。続きは明日にしよ」

あたりが暗くなり始めているし、宿に帰るとしよう。

ぴょんっと塀から飛び下りた私だったが、同じく立ち上がったライゼンは港のほうを見ていた。

「祈里、船が一隻帰ってくるぞ」

「え」

どこに？　とぴょんぴょん飛び跳ねてみても、船どころか海のうの字も見えやしない。

おのれ子供の低身長めっ。

だけども、なんとなく騒ぐ声が聞こえて来たぞ。

海に出ていたんなら今の状況を聞けるだろう。ならば行くという選択肢しかない！

ライゼンと連れだって港まで行くと、そこでは複数の壮年漁師が若い漁師を囲んでいた。

どうやら、赤毛の若い漁師のほうが無断で海に出ていたらしい。

「馬鹿野郎ジョルジュ！　また人魚の海域に行ったのか!!」

「だから何度も言ってるだろ！　あの人達にだってわけがあるって！」

「てめえだって襲われてるじゃねえか！　あいつらとはもう駄目なんだよっ」

「でも、あの人は、あの人はっ……げほっ」

怒鳴り返そうとした赤毛の青年だったが、口元を押さえながらその場で咳き込み始める。粘つくような嫌な咳だ。

あれは、もしかして。

ライゼンが何か言う前に、私は駆け出した。

さらに激しくとがめようとしていた漁師達も、青年がその場に膝をついた事で異常事態を悟ったらしい。

「ジョルジュ⁉　……血を吐いてるじゃねえか！」

「こんな黒いのはまさか瘴泥か！」

「おい、医者と神官呼んでこい！　瘴泥に冒されてやがるっ」

「駄目だよおやっさん。神官はみんな領主様の所に行ってる！」

ジョルジュと言うらしい青年の嫌な咳を受け止めた手には、赤ではなく黒々とした泥のような血がへばりついていた。

それは体内を瘴泥に冒された者の症状だ。

今、赤毛の青年には、普通の人間でも見てわかるほど瘴泥の気配がへばりついていた。

漁師達が騒然となっている間にも、青年は体をふらつかせる。

倒れかける彼を、漁師達の間をすり抜けかけつけた私が支えた。

といってもずるずると倒れ伏す体を、地面に寝かせるだけだけど。

突然現れた子供の私に、漁師達は驚いて立ち尽くす。

青ざめた顔のジョルジュも、私を見上げて目を見開いていた。

まあ突然、見知らぬ銀髪美少女なんかが現れたら驚くよね。

でも時間がないから全部あとね。

「君、は」

「しゃべらないで。一番苦しいのは？」

端的に訊ねれば、彼は反射的に胸を押さえる。肺か、なるほど。

ジョルジュの頭を自分の膝に乗せた私は、手を彼の胸に滑らせた。

ええと、確か正規の神官が使う文言は。

「〝清浄を正常に。澄み渡りし浄化の光をこの者に〟」

私の手からあふれた浄化の光は、柔らかくジョルジュの胸に吸い込まれていく。

彼を侵していた瘴泥が徐々に薄れ、青ざめていた肌色が元に戻った時には、周囲からどよめきが起きた。

面食らったように体を起き上がらせるジョルジュに、私はにっこり笑って見せる。

「うん、もう大丈夫だね」

「あ、ありがとう。君は」

「ただの通りすがり。どうして瘴泥なんかに冒されていたの？」

本当は目立つ事はしたくなかったんだけど、神官がいないんなら放っておくのはまずい。

泥のような血を吐くのはかなり末期、瘴泥に体内を侵食されきる寸前だ。いつ到着するかわからない神官を待っていたら、確実に手遅れになるレベルだった。

不可抗力なんだから、むっすり顔はやめてくれないかね、お兄ちゃん。

そう心の中で思いつつ、私は漁師達をかき分けてやって来たライゼンを見上げた。

彼は一瞬で状況を把握すると、未だ硬直するジョルジュに軽く頭を下げる。

「妹が失礼した。だが無事でなによりだ」

「ええと、兄妹か？」

「ああ、似てないとよく言われる」

え、ちょっとライゼン、割と淡々と話すほうだと思ってたけど、いつもより非友好的では？

私はちょっと首をかしげたが、今はジョルジュが優先である。

だが話を進める前に、貫禄（かんろく）のある髭（ひげ）もじゃの漁師さんが聞いてきた。

「なあお嬢ちゃん、今、浄化をしてくれたんだよな。本当に、ジョルジュは大丈夫なのか」

「うん、体の中の瘴泥（しょうでい）は浄化したよ。でも内臓が傷ついているだろうから、お医者さんには行ったほうが良い。私にできるのは浄化だけだから」

「そいつはすげえなお嬢ちゃん！」

「神官でも浄化は一晩以上かかる時もあるってのに！　ありがとうなあ！」

おそるおそる言ったのだが、漁師のおっさん達は胴間声（どうまごえ）を響かせて喜んだ。

おうふ、それって普通のお子様だったら怖がって泣き出すやーつ。

私アラフォーだから大丈夫だけども。だが良かった、あんまりにも浄化が速すぎて不審がられないか心配だったんだ。

とはいえ、かなりの勢いでおっさん達が迫ってくるのは驚くよ。

そのまま大きな手が私の頭に伸ばされかけた時、ひょいとライゼンに抱え上げられた。両脇に手を入れられて足がぷらーんとなる。

いや、いいけど。ねえ、ねえ。

「妹を手荒に扱わないでほしい」

「ああいや、うん悪かったよ兄ちゃん。そんな怖い顔で見るなって」

真顔で迫るライゼンにおっさん達はたじたじになっていた。

まあ私も、もみくちゃにされるのは困るから助かったけど、そこまでやらんでも良かったのに。

ぷらーんとされ続けるのもアレなので、ライゼンの腕を叩いて見上げると、彼はため息をつきながらも下ろしてくれた。まったくもう。

私達がそんなやりとりをしている間に、おっさん達は冷静になったようだ。複雑な顔でジョルジュを見やる。

「治療院は行け。だがこれ以上勝手に船を出したら、さすがに漁業組合から抜けてもらうぞ」

「おやっさんっ」

ぶっきらぼうに言い放ったおっさん達が去っていった後、ジョルジュは悔しそうに地面を叩いた。

「くっそう！　聞く耳持ってくれたっていいだろう！　俺が証明してやるって言ってんのに！」

いや、後ろ髪を引かれてるよおっさん達。

あー心配なんだなーでも立場上どうしようもねえんだな、っていうのを背中で語ってるよ。

あのおっさん達、わりといい上司だと思う。

まあいいや。こうして取り残されてくれたのなら、こっちとしては好都合だし。

ジョルジュはひとしきり悔しがった後ではっとすると、気まずそうにこちらを向いた。

精悍(せいかん)な面立(おもだ)ちが快活な印象を与える青年だ。

「助けてもらったのに妙な事になっちまってすまねえな。神官様かい？　ちっさいのにすげえな」

ちっさいは余計だ。と思わなくはなかったが、私はアラフォーなのでにこにこ笑って見せた。

「ううん気にしないで。ところでお兄さんいくつか話を聞きたいんだけども」

「君は命の恩人だから何でも話すぞ！　そうだ夕飯はまだか、まだだよな。うまい飯屋があるんだそこに行こうっ」

「いや待ってその前に治療院だから！」

病み上(やあ)がりにもかかわらず勢い勇んで歩いていこうとする彼を、私は全力で止めたのだった。

☆　☆　☆

と言うわけでジョルジュを治療院にぶち込み、適切な治療をしてもらったあと飯屋に入った。

「ありがとうな、ここは俺がおごるから好きなだけ食ってくれー！　あ、俺とこの兄ちゃんにビールくれ！」

快活に笑うジョルジュは、当然のごとく酒を頼むが、ライゼンは眉を顰(ひそ)める。

「ジョルジュ、医者から酒は暫(しばら)く禁じられていただろう」

「飲ませてくれよライゼン。涙なしには語れねえんだっ」

いやでも内臓をやられてるんだからアルコールは控えなきゃ。

お互いに自己紹介をして、ライゼンと自分がほぼ同年代だと知った途端、ジョルジュは一気に打ち解けた風になっていた。

彼は見た目通り海の男そのまんま、といった雰囲気の快活な青年だ。

小麦色に日焼けした肌に、潮でちょっとぱさついた赤い髪をしている。

さらにライゼンよりも一回りくらい横幅が大きく体格がいい。なんでも普段はリトルクラーケン漁をしているんだって。へー！

そんな彼にビールジョッキは、恐ろしいほどよく似合っていたけれども。

止める間もなく、ジョルジュは勢い良くジョッキを呷る。

おー良い飲みっぷりだ。これはいける口か。

しかし、正面に向き直ったジョルジュは素晴らしいまでに真っ赤になっていた。

「あのなー俺はーただぁ。あのひとーのーごかいをーはらしたいだけなんだー」

がっと隣にいたライゼンの肩に腕を回し、完全に酔っ払いの体で大声で話し始めた。

酒よっわいなおい⁉

ライゼンが微妙に迷惑そうにしているが、ジョルジュはまったく見ていない。

とろんとした目をすわらせている彼に驚く私だったが、これは好都合だ。

早速貝のパエリヤっぽいのをもぐもぐしながら、問いかけた。

「ねージョルジュ、あの人って誰の事」

「あのひとはなー鱗がきらきらひかって、しぬほどきれーなんだぁ。薄い赤と紫がな、こーまざってわかめみたいになってな、ヒレが日の光に透けるとわかめみたいでそりゃあもうつるつるしてるんだぞお」

ジョルジュよ、支離滅裂だしめちゃくちゃわかめ推すな？　まあいい、美人の表現なんて人それぞれなわけだし置いておこう。

だが、断片的でもヒレや鱗という単語が出てきた事から、ジョルジュの言う「あの人」が人魚なのは確定だ。

「俺が漁をしているーときにぃー助けてくれてなー。でも急にくるなーなんて言ってよー。そしたら、魚が獲れなくなっちまうし、みんなは人魚のせいだーって言いやがるしー！」

苛立ちをぶつけるように、またぐいっとビールを呷ったジョルジュは、だんっとジョッキをテーブルに置く。

「だから！　あの人に会うために！　海に潜ったんだ！　これからも会えるまで潜るぞぉ！　どんだけ濁ってても、あの人は綺麗だからぜったいみつかるぅ！」

「海に潜ったって、今日も？」

私が確認すると、ジョルジュはとろんとした目をこちらに向けた。

「あ、あー？　俺を助けてくれたーえーっと」

「祈里だよ」

「そうそうイノリちゃん！　そうだぞぉ最近はーすげえ視界が悪くてさー。鱗の影も、見つけられないうちに、気が遠くなってなー。やべえと思ったら船の上にいてなー。なんとか船を操って帰ってきたんだー」

「もしかしてさ。船底腐食してない？」

一つの可能性が浮上してきて、問いかけてみると、ジョルジュは鈍いながらも反応する。

「え、あーなんでしってるんだ」

「あんたがいつどこで瘴泥に冒されたかわかったって事」

「まさか海か」

驚くライゼンに、私は頷いてみせる。

水の中に広がった瘴泥のなにがやっかいかって、よほど探知能力に優れている神官でもない限りそこに瘴泥がある事がわからないのだ。

だからジョルジュも気づかず潜り続けて、あそこまで瘴泥に冒された。

本当に私が居合わせて良かったな⁉

「あー海が、なんだってー？」

「こっちの話。ねえ……」

「あのひとはほんとうに綺麗なんだよ……」

「聞いてねえし」

もうべろんべろんになっているジョルジュは、同じ事を何度もくり返す。

「あの人は海を守ってるんだよ。そうとしか思えねえ。だってそうじゃなきゃ広い海があんのに、ここにとどまってくれるわけがねえだろ。あのひとは、誰一人、傷つけてねえんだ。それをおやっさん達は領主と事を構えたくないって無視しやがる！　すんげえ綺麗で、綺麗で……ぐう」

ジョルジュは最後まで言い終わる前に、ぐーぐー寝始めた。ライゼンを抱えたまま。

私ははあとため息をつく。

「お疲れライゼン」

「いや、大した事はない。……それより、ますます状況がわからなくなったな」

やっと腕を外したライゼンが肩を回しつつ、やれやれと言った調子で続けた。

「人魚が特定の海域に入らせないよう、船を壊して追い返しているが、その意図に気づかず領主が討伐隊を組んでいたという事だろうか」

「とはいえ、人魚族が追い返していたのは海が瘴泥で汚染されていたからで、人魚は誰も殺していなかった。まあ船を壊すのも悪質だけどさ。問題は領主が瘴泥に気づいているかいないか」

「そういえば、ジョルジュが倒れた時に、漁師達は神官が領主のもとに集められていると言っていたな。気づいている可能性はある」

「けどさ、瘴泥汚染について街の人には説明していないよね。それでも、人魚族を悪としている」

まあ領主なんて千差万別だから、いい加減にした可能性もなきにしもあらずなんだけど。

こうやって色々見えてくると、一概に人魚を悪者扱いにはできないんじゃないかと思うんですよ。

「どうする祈里」

ライゼンの問いに、私はそろりと目を泳がせる。けど、神妙な面持ちで言った。

「うむ。当事者達に聞いてみるのが一番かなって」

「は」

　これは最後の手段にしたかったんだけど、確実ではあるんだ。よっぽどの事じゃない限り、応じてくれると思うしさ。

「とりあえず、すべては明日の早朝って事で」

「ああ、それは了解したが」

　目を丸くするライゼンは納得したように頷いたが、ちらっと隣を見る。

「彼をどうしたらいいだろう」

「家を知らないね……」

　道ばたに放り出すには忍びないし。

「とりあえず、ご飯食べながら考えようか。ジョッキちょうだい」

「飲むほう優先してないか……。ならそっちのパエリヤをくれ」

「あいよー」

　ライゼンと私はぐーすか寝込むジョルジュを横目に、頼んだご飯をせっせとかき込んだのだった。

閑話　一方その頃宰相殿は。その一

　グランツ国、王城。

宰相の執務室で、グランツ国の宰相セルヴァは書類の山に埋もれていた。

埋もれているだけで、溺れているわけではない。この国の勇者王、祈里が有給休暇という名の出奔をして早一ヶ月半。通常業務と並行して「石城迷宮」で起きた瘴泥汚染の事後処理を進め、役人やその筋から上がってきた報告を精査し、仕事を割り振る。

そういった実務はセルヴァの得意とするところだ。慎重に事を運ぶために、他の者からはゴーレムの歩みのようだと評されもするが、他の幹部達のフットワークが軽すぎるのである。

その最たる者だった祈里がいないために、奇しくも平和な日々が過ぎていた。

できればこのまま平穏に過ぎていってくれれば良いと願っている。だが、そうもいかない事をセルヴァは思い知っていた。

ノックの後に、比較的若い補佐官が緊張した面持ちで入ってくる。

「お、お仕事中申し訳ありません。ご来客です」

「おや、次の約束までまだ時間はあるはずですが」

「経済大臣のシアンテアレア様が、応接間にてお待ちです」

もはや泣きそうな形相の補佐官に、セルヴァは無言で立ち上がった。

彼が応接間の扉を開けると、淡い色の髪を緩く結った甘い顔立ちの青年が、優雅にティーカップを傾けていた。耳環で飾られた彼の耳は、人族よりも長く尖っている。

「新人を言いくるめて強引に約束を取り付けるのやめていただけますか」

「君が空いている時間なのは把握していたよ。だが正規の手続きを取っていたら、その貴重な時間が死んでしまう。セルヴァ、君だって若いんだから柔軟にしないとね」

セルヴァが半眼で皮肉を言っても、青年、シアンテはどこ吹く風で甘く笑むだけだ。

彼はこの国の経済産業を担(にな)う、妖精(ようせい)族のシアンテアレアだった。

妖精族……俗にエルフと呼ばれる彼らはひどく排他的で閉鎖的だが、どこにでも変わり者はいるもので。彼、シアンテは他種族と交わる事をむしろ楽しみ、商売で稼ぎ経済を回す事に生きがいを感じている奇特なエルフであった。

この柔和(にゅうわ)で甘い顔立ちで、三十代であるセルヴァの十倍生きているのだから侮(あなど)ってはいけない。

柔らかい物腰に油断した相手からえげつない利権を引き出す様(さま)を、セルヴァは何度も見てきた。

「あなたから見れば、この城にいる者は全員若いでしょうけどね。女官を片っ端から口説(くど)くのはどうかと思いますよ」

「かわいければ、愛(め)でなければ失礼じゃないか。僕は引きこもりの老害どもとは違うんだよ」

同胞に対してさらりと毒を吐いたシアンテは、ぱちんと指を鳴らした。

セルヴァは、それだけでこの空間内に防音魔法が敷かれた事を感じる。仕草一つで使えるほど魔法に長(た)けているのが妖精族とはいえ、自分の感覚が麻痺(まひ)しそうだ。

「さあ、次の約束まで時間がないのだろう、この資料に目を通してサインをおくれ」

慣れた今となってはいやに嘘くさそうな笑みで、シアンテが書類を差し出してきた。

相手の思考能力に合わせて説明する情報の密度を変える彼にとって、これが最上級の信頼に当たるのは知っている。それでも、説明すらないのは面倒くさがりすぎではないだろうか。

しかしセルヴァはその書類の一ページ目の文言が目に入った事で、いやそれ以前にシアンテが訪問してきた時点で大方の用件は察してしまっていた。

「なんでもう石城迷宮の改造工事費の試算と、訓練場整備にかかる資金の試算がまとめられてるんですか。この厚みからすると魔力結晶の人工精製の試験まで入っているでしょう」

「カルモ・キエト氏からの技術の聞き取りについては、まだ終わってないけどね。ナキくんがすぐ話を脱線させてしまうからまとめ切れてないんだよ。彼女は面白いのだけど、仮にも魔法研究塔の長なのだから、もう少し落ち着いてほしいものだね」

「ナキに関しては同感ですが、それにしたって、事を急いてはなにが起こるか。もっと慎重に」

セルヴァは苦言を呈したが、シアンテは涼しい顔で言う。

「駄目だよセルヴァ。せっかくイノリがよこしてくれた楽しい案件だ。商機は迅速に掴まなければならないよ」

「……あの地で、魔力結晶が手に入るのはすでに他国に広まっています。人工精製についても、他国に漏れるのは時間の問題ですから、この国の発展のために一刻も早く確保すべきではあります」

「そう、よくわかってるじゃないか」

シアンテの言葉に、セルヴァは深ーく息をついた。自分の頭の固さは自覚している。

石城迷宮の主であるカルモ・キエトの保護と支援は最優先事項だ。彼の持つ技術と知識は、グランツ国にとってかけがえのない財産となる。横やりを入れられる前に、防備を固めたほうが良いのも本当だった。

わかっていても、自分はきっちりと正規の手順を踏まなければ動けない。それをこうして身軽に踏み込んでいくシアンテや祈里を見ていると羨（うらや）ましく感じる事もある。が、それが無い物ねだりなのもわかっていた。

だからセルヴァはシアンテの嘘くさい笑みと向き合った。

「サインは資料と試算を精査した後にしましょう。では調べた事、一から十まで話してください」

「おや、君はいつからそんなに交渉下手になったのかな」

「すでに報酬は支払っているでしょう？　……まあですが、代わりにカルモ・キエトおよび石城迷宮の交渉権を差し上げます。出てくるだろう特許についてはいつも通りに。イノリの意向に沿う形であれば任せますが、インサイダーにならないように気をつけてくださいよ」

「もちろんだよ。商売は公平に、しかし競争相手を出し抜いて、が基本だからね」

矛盾した事を堂々と言いのけたシアンテは、もうひとつ資料を持ち出した。

カルモと石城迷宮の件だけならば、シアンテは腹心に任せるだろう。そうしなかったのは、他人に任せられない理由があったからだ。

彼はゆっくりと言った。

「イノリの聞き取った情報をもとにざっと調査しただけだが、メッソ・トライゾが勇者教に出入りしていた形跡はない。けれど、トライゾに接触していた者が勇者教関係者だったよ。石城迷宮に生じた瘴魔（しょうま）を回収しようとしていたけど、トライゾ（アレ）が馬鹿すぎて諦（あきら）めたみたいだ。流通経路を洗っているけど、教団にたどり着きそうだよ」

「トライゾは明らかに害悪ですが、良い餌役をしてくれました。ようやく尻尾を掴めそうです」

セルヴァが気になっていたのは、祈里の手紙に書いてあった、メッソ・トライゾの「瘴魔を増やそうとしていた」という行動についてだ。

手紙の文面からして祈里自身は大して気にとめていないようだが、セルヴァやシアンテ、一部の仲間達にとって、その内容は心当たりがあるものだった。

セルヴァは眼鏡を直しつつ、自分もまた資料を取り出す。

それはとある地方で活動する、新興宗教の調査報告書だ。

「『勇者教』なんて、面倒なものを作ってくれやがったものです」

「セルヴァ、言葉が荒くなっているよ。いつでも感情は制御しなければ」

指摘されて、セルヴァは心を鎮める。

どうにもやりにくさを感じるシアンテだが、交渉の場では歴戦の強者であり、腹芸に関してはセルヴァの師だ。一枚上手なのは仕方がない。

シアンテは、セルヴァの様子など気にした風もなく添えられていた菓子をつまみつつ話を続けた。

「介入の名目は立つけど、イノリの行方が気になるねえ」

「シアンテさん、あのマスク仮面の行方は追えそうですか」

「さすがに二十代の黒髪の青年というだけでは雲を掴むような話でね。ただ、メッソからの話しか聞いていないのなら、イノリが勇者教にたどり着く事はないんじゃないかな」

「いえこうなったからには、彼女は必ず来ます」

言い切るセルヴァに、シアンテは面食らったように瞬く。しかしセルヴァはそれに気づかない。

「本人が何と言おうとイノリは根っからの勇者なんですよ。困っている人がいれば助けるし、瘴魔は自分の領分だと勝手に調べ出しますよ。ええ勝手に！」

それはセルヴァにとって確信に近い。

王となってからも、瘴泥や瘴魔に関する騒動には、なぜわかったというほど彼女は鼻が利くのだ。ひょいと姿を消したかと思えばあっさりと瘴泥の発生地を浄化したり、いつの間にかただの人の手には余る瘴魔を討伐してきたりと枚挙にいとまがない。まるで瘴魔と引き合うようにだ。

一時は祈里が休暇を楽しんでいる、とセルヴァはほっとしていたが、石城迷宮の瘴魔が勇者教につながっているとわかった今、楽観視はできなかった。

「叶うならイノリの好きな地酒で釣ってでも、進行方向を変えさせたいところですが」

「セルヴァ、さすがにそれは無理じゃないかな……？」

セルヴァが半ば本気で口にした事に、引きつった声で応じたシアンテは、思案げに耳に指を当てた。妖精族によく見られる仕草だ。

「詳しく調べるには、僕の持つ情報網だけでは足りないね……システィはどうしているのかな」

「あの教団に接触しています。あれは彼女にしかできない事ですから」

「それは……イノリ探索に加われなくて、彼女ものすごく悔しがったんじゃないかな」

「血涙流さんばかりの連絡が届きましたよ」

苦笑を浮かべるシアンテに、セルヴァは肩をすくめてみせるしかない。

グランツ国の諜報を一手に仕切る才女システィ・エデは、主であるあるじ祈里のためならば文字通り命を投げ出す忠誠心を持っている。常ならば祈里が失踪しっそうした場合、頼まれずとも居場所を特定する彼女だったが、今回はさらに重要な別件にかかり切りになっていた。

それが祈里のためになると信じて。

「何でも、教団に動きがあったようで、そう遠くないうちに根本へたどり着けそうだと言っていました。イノリがたどり着く前に片付けられると信じたいところですが」

「だがね、瘴魔しょうまが関わってくるのであれば、浄化役は必要だよ。イノリに助力を求めないとなると、どうするかい」

シアンテの問いに、セルヴァは今朝、自宅で妻のアルメリアと話した事を思い出して自然と苦い顔になる。

「……アルメリアに行かせます」

その渋い声音に、シアンテはおかしげに笑う。

「ふふふ、その様子だと、彼女に押し切られたね。相変わらず聖女には勝てないみたいだ」

「仕方ないでしょう『これにイノリを関わらせるわけにはまいりませんでしょう?』なんて言われたら、頷うなずくしかありません」

「……君達夫婦は本当に、イノリの事になると過保護になるね?」

言葉こそからかうものだったが、シアンテの表情はほろ苦い。

それはこの数年、元勇者一行の仲間達の間では密ひそやかに共有されている思いだったせいだ。

だから、セルヴァは低く言う。

「過保護と言うよりは、こちらに呼び出した側として当然の義務です。彼女は、一番大切なものを切り捨てて、この世界を救いました。そんな彼女に返せるものを私達は持ち合わせていない。だからせめて彼女が役職に縛られぬように立ち回るんです」

「そうだね。彼女をもう、勇者の役割に縛りつけるわけにはいかない。じゃあよろしく頼むよ、セルヴァ。僕は後方支援に回ろう。資金と物資ならば費用対効果が充分望めるうちは提供するよ」

ぬけぬけと言ったシアンテは、さっと懐（ふところ）の懐中時計を確認すると席を立つ。

確かにちょうど、セルヴァの次の予定の時間だ。

しかし、彼には珍しくふ、となにかを思い出したように振り返った。

「前にイノリが言っていたけど、彼女はあの子と旅がしたかったらしいね。もし、もう一度会えるのだったら、今のイノリでも、あの子と旅に出たいと思ってくれるのかな」

「っ……」

「すまない、らしくない感傷だったね」

シアンテが苦笑しながら書類を置いて去っていくのを、セルヴァは見送る。

彼の言うあの子は、グランツの事だとすぐにわかった。

アルメリアに抱きしめられてぼろぼろに泣き崩れる彼女と、当たり前のように王としての責務を果たす彼女が、セルヴァの脳裏をよぎっていく。

これは二度と、祈里の抱えている傷をえぐらないための行動だ。

だが、それは同時に「もしかしたら」の可能性を摘み取ってもいる。

「本当にこれでいいのか、なんてわかりませんけど」

この世界の人間の不祥事をぬぐうのは、同じ世界の人間の役割だと思う。彼女に知らせなかったのはそれが理由だ。

ただ、同時にどこかで消えていきそうな彼女を引き止めたくて、王という役割を押しつけた。それも後悔していない。

だが――……

「もし、があるのなら」

彼女が、次になにかを選ぶのなら。自分達は全力で応援するだろう。

「……とりあえず、仕事をしましょう。イノリの行動には私だって迷惑を被(こうむ)っているのですから。遠慮なんていらないんです。ほっといたって勝手にするんですから」

セルヴァは、受け取った資料をざっとまとめると、次の予定に向かったのだった。

その二　芸は身を助けるようです。

幸いにも飯屋がジョルジュの行きつけだったおかげで、彼を知り合いだというお店の人に預ける事ができた。

そして宿で一眠りした私達は、夜も明けきらないうちに人気のない海岸へ来ていた。

漁港から離れていて、海際ぎりぎりまで下りられる岩場だ。地面に広がるのは石ころ混じりの砂利だから、わりと歩きやすい。

「こんなものでいいか、祈里」

「ありがと助かる」

砂利の一部をならしていたライゼンがこちらを振り返ったが、私を見るなり珍妙な顔になる。

だがそれにかまっていられないほど、私はド真剣だった。

「その、なにをしているんだ」

「なにって、柔軟体操。久々にやるからさ」

私は入念に足を伸ばし、腕を伸ばし、せっせと体を温める。

いきなり動いて体を痛めるのはつまらないからね。この推定十歳児の体でも、痛めるのかわからないけど。

あ、そうだ発声練習もやっとかなきゃ。声を出すのも久々だしな。

「あーめーんーぼーあーかーいーなー　あーいーうーえーおー！」

ライゼンがびくってしたけど全力で無視する。

よーし羞恥心は捨てろー。海の彼方に放り出せ。

これをやらんとなにも始まらないからな。

「……なあ祈里。本当にこれは、人魚族から話を聞くためなんだよな？」

「もちろんよ」

あいつが約束を守ってくれるんなら、これで大丈夫なはずだもの。

準備運動を終えてふうっと息を吐いた私は、ライゼンが作ってくれた舞台へ上がる。

波しぶきの音が聞こえる中、脇に置いてあった聖剣を取って引き抜いた。

「ミエッカ、マイクモード起動！」

声と同時に聖剣ミエッカが光に包まれ、見る間にマイクへ姿を変える。

聞いて驚け！　長くて手に持つものなら、ミエッカは変化できるのだ！

そして私は、鞘(さや)をライゼンへ向けて放り投げ、右手にマイクを構えて海に向かって叫んだ。

「ミュージック！　スタートッ!!」

宣言すると同時に、気が利くミエッカがアップテンポでキャッチーなイントロを流し始める。

ほんっと心憎いくらいうまい演奏だよな！　どっかの遊び人が日本の音楽が面白いってフルコーラス再現したのを、ミエッカが覚えちゃったっていう悪乗りの産物なんだけどな!?

そして羞恥心(しゅうちしん)を空の彼方(かなた)へ投げ捨てた私は、全力で踊り出した。

曲は一昔前に一世を風靡(ふうび)したドラマの主題歌だ。

見よ、友達の結婚式のために鍛(きた)え上(あ)げた二次会芸！　忘年会の時も大盛り上がりだったんだぜ！

テンポが速いから振り付けの難易度は高めだけれど、その分華やかでかわいいと、こぞって練習したものだ。

だからライゼン、全力で引くんじゃねえっ。これが約束なんだよ！

細い手足をめいっぱい振り回して前奏をクリアした私は、すうと息を吸った。

「たーとぉ～えーはーあぁなれ～ばぁ～なーれぇにーぃーなあってぇえぇもおーっ!!」

歌い出した途端、ライゼンが硬直するのを目の端に捉えた。

くっそー！　知ってるよ、音痴な事ぐらい！

私の歌唱能力はこっちに来てから披露した時、仲間達にすらやめてくれと言われたレベルだ。

地球時代の忘年会の時だって口パクでどうにかしたんだぞ。

なんであいつらはこんなもんを聴きたがるんだかわからない。と思いつつ私は全力で腕を振り回し、跳ね飛び、思う存分かわいいを発散していく。

だってそうだろ？　なにせ今は推定十歳児の銀髪碧眼美少女だ。

そんな子供が、かわいいを全力で追求したアイドルナンバーを歌って踊ってるんだぞ。どう考えたってかわいかろう？

まあそれに、私だって歌っている分には楽しいしね！

ライゼン以外誰もいないのを良い事に、久々に思いっきり声を張り上げる。

それこそ海の彼方へ届くように、壮大な愛の歌を。

「きみぃーーだけぇがー　ぼくぅの～ひ～かーりー!!」

じゃぁんっ！　とミエッカが伴奏を終えて、ポーズを決めた私は、完全に息が上がっていた。

歌って踊るって戦闘並みに激しいよな。本職のアイドルって戦えるんじゃない？　と思う。

さあ、レパートリー的には三曲だから、やり終えたら耐久ループになる。できれば早めに来てほしいかなあ。と言うかほんとに声届くのかよ。

若干疑いつつも、私がミエッカに次の曲を指示しようとした時、波が不自然に乱れた。

ライゼンが剣を抜きかけるが、待ち人が来たとわかった私は冷静だ。

海面からかすかな水しぶきを上げて顔を出したのは、美しい人魚達だった。

この世界の人間でも珍しい、薄紅(うすべに)、レモンイエロー、群青(ぐんじょう)色など、色とりどりの髪を緩やかに波に遊ばせている。

性別がわからないほど整った面立(おもだ)ちの彼らの耳に当たる所には、魚のヒレみたいなものがあり、優雅に朝日を反射していた。

人魚達は私達を見つけた途端にっこり笑うと、いったん海中へ戻っていく。

だが、すぐに海面から次々と顔を出してきた。

やっぱりこんなに来るのかと遠い目になりつつ、私は彼らに話しかけようとする。だがその前に興味津々(きょうみしんしん)の人魚達がすうと、道を譲った。

好奇心旺盛(おうせい)で、自分の興味を最優先にする人魚達が譲る存在はただ一人だ。

水しぶきを上げて岩場に上がってきたのは、ひときわ美しい人魚だった。

朝日に透(す)けて薄紅(うすべに)にも紫にも見える夜明け色の髪に、透明なヒレの耳が上機嫌を表すように揺らいでいる。

二十代前半くらいの若々しい顔立ちは男性とも女性ともつかない。子供の無邪気さと、踊り手に似た妖艶(ようえん)さを併(あわ)せ持つ不思議な美貌(びぼう)だ。中国の天女にも似た薄布を重ねた衣(ころも)から伸びる両足には、

髪と同じ色の鱗とヒレがクリスタルビーズのように輝いていた。

この世界の人魚の足は二本でヒレがついているんだよな。こいつに会った時にはほんと、ここが異世界なんだと改めて実感したものだ。

王者の風格を持ったその人魚は、私を認めると細い指を自身の唇に当てて微笑する。

「くふふ、相も変わらず面妖でまろい歌声をしておるのう」

夜に響く波音に紺碧を溶かし込んだような、しっとりとした声だった。そのたたずまいはまるで無垢な淑女のように清らかだ。

でも私は知っている。こいつが五百歳超えのじいさまだって。

「あんたぐらいよ、そんな形容詞使うの」

「おや気を悪くするでないぞ、我ら人魚の褒め言葉だからの。唯一無二の歌声じゃ」

「相変わらず悪趣味ね、スラン」

「再びまみえて嬉しいぞ、祈里」

相も変わらず、名前の発音は完璧だ。

私がため息をついて言えば、彼はあでやかに微笑んだが、ふいと私の背後を見た。

「くふふ、面妖な者を連れているようだの」

「あ、そうだ紹介するよ」

人魚、スランの言葉に、私はライゼンを振り返った。

案の定、硬い顔をしている彼に、ちょっと申し訳なく思いつつ紹介する。

「私のお忍び旅の隠れ蓑兼相棒のライゼン。ライゼン、彼は人魚族の長であるアンソルスラン」

「くるしゅうない。祈里の連れならば言葉を交わす事を歓迎しよう」

ひらひらと手を振るアンソルスランにライゼンは少しぎこちないながらも、軽く拳を胸に当てて頭を下げた。

「お初にお目にかかる、人魚族の長よ」

「……ほう」

ライゼンの声を聴いたアンソルスランが、愉快そうに笑む。

人魚って声だけでその人の人となりを判断できるらしいからなあ。勇者時代の私の時も一発で勇者って見抜かれたし。その微笑みの下でいったいなにを考えているのやら。

が、ライゼンはそれどころじゃないらしく、私に耳打ちしてきた。

「人魚族の長が出張ってくるなんて聞いてないぞ」

「いや私も、まさか近海にいるとは思っていなかったし許してよ」

アンソルスランとは、勇者時代にシーサーペント狩りをした仲だ。

その時、何を気に入ったのか、この人魚の長は私が海岸に向かって歌えば必ず人魚が応じるよう取りはからう事を約束してくれた。

そう、音痴の私に。

人を惑わせるほど最高に歌がうまい人魚達に向けて聴かせるなんてどんないじめだと思ったたし、絶対にそんな約束使わないだろうと思っていたのだが。

どんな風に役に立つかってわからないものだなあ。

それでも真顔のライゼンの言いたい事はわかり、私は乾いた笑みを漏らしながらこそこそ話す。

するとアンソルスランのくすくすと美しい笑い声が響いた。

「くふふ、人魚の長は陸の者と意味合いが異なる。ただ最も声の尊き者に贈られる称号よ」

ライゼンがぎょっとするのもかまわず、アンソルスランは茶目っ気たっぷりに続ける。

「我らに聴こえぬ声はないゆえな。内緒話は水際から離れたほうが良いぞ」

「失礼した」

謝罪したライゼンに、アンソルスランは鷹揚に頷いた。

「さ、話をしよう祈里。我らに聞きたい事があるのじゃろう」

「ああそうだね」

自分では、「長」をただの称号と言うけれど。こうしているアンソルスランは、ちゃんと上に立つ者だと思うのだ。

瑠璃の瞳をやわりと細めるアンソルスランに、私は身を引きしめて頷いた。

☆　☆　☆

私とライゼンは海岸に広げた敷布に座って、岩に腰かけるアンソルスランと向かい合っていた。

好奇心でついてきてしまったらしい人魚達は、長の号令で散っている。

アンソルスランは足を海に浸したまま、私が持ってきた朝ご飯である焼いたソーセージを優雅につまんでいた。

「かように塩気の強いものを食すとは、人はまこと不思議なものよのう」

ほぼ十年のタイムラグがあるにもかかわらず、昔と変わらない彼に、私はパンをかじりながら話しかけた。

「ところでよく私だってわかったね。今推定十歳児よ？　前に会った時には男だったのに」

「なにを言っておるのじゃ。そなたの声は今も昔も変わらず苛烈であでやかであろうに。たかだか外見が変わった程度で見失うものか」

たかだかって言いますけどね、こちとら外見成人男性から十歳美少女になってるんだぞ。

だけど、ああそうだった、この人魚はこうして声ばっかり褒めてくる変なやつだった。

心外そうな声を上げたアンソルスランは岩場に腰かけなおすと、私の銀の髪に手を伸ばし、一房するりとつまむ。

「だが、その姿のほうが、そなたの魂にふさわしい色彩をしておるの」

「私が子供っぽいって言うのかよ」

さすがに聞き捨てならなくて抗議すれば、アンソルスランは瑠璃の瞳を細めて微笑んだ。

「我ら人魚は、声を最も重んじるがゆえに偽らぬと知っておろうに。そなたの声が表す魂は、まれに見る美しさであるよ」

声だけで魔法を使う人魚族は、音を……ひいては声を重んじる。

人魚族の長であるアンソルスランは、その声だけで魂すら見通すと言われているほどだ。

だから、約十年前に出会って早々に勇者と見抜かれた時はビビッたものだが、話が早くて助かる。

そう思って本題に入ろうとしたら、アンソルスランが目を細めた。

「くふふ、気安く触れられて気に食わぬ、という顔だの」

え、と隣を見ると、ライゼンが何とも言いがたい顔をしていた。

こう、子供が隠そうとしていたものを言い当てられて、決まり悪さと悔しさをどうしたらいいかわからない、みたいな。

「別に。古い知り合いなのだろう。口を挟む気はない」

「ならば良い。その殺気も寛大な心で許そう」

え、殺気？　全然感じなかったけど。

見上げてもライゼンは視線をそらすだけで答えてくれなさそうだった。私は釈然としなかったけど本題に入る。

「で、スラン。私達の事情はさっき話した通りだけど。海でなにが起きてるの」

「そなたが旅に出ておるとは驚いたものだが。なにから話したものだのう」

人魚の前で言葉を偽る事はできないから、朝ご飯の間にここまでの経緯を包み隠さず話したのだ。

薄く鱗の生える指先を顎にかけて沈思したアンソルスランは続ける。

「何ヶ月前かの、街の領主だと申す男が船でやって来て、同胞にこう言うたのだ。『この海は我らの領地。暮らすのであれば税をよこせ』と」

「は？　馬鹿なの」

領主のあんまりな言い分に私は反射的に返していた。

海には海神マーレンの加護があるため、ずっと昔から海と陸は互いに不可侵という暗黙の了解がある。

人間の船だって海の上を通るのを見逃されて、知らんぷりされているだけなのに。

「うむ、馬鹿であろう。しかも国の総意でもなく、領主の独断であったらしい。陸の者は様々な者がおるのう」

「できれば同じ陸の人間として扱ってほしくないわ」

「わかっておる、悪しき者ばかりではないからの」

やれやれ、とばかりにため息をつくアンソルスランの言葉には、長い年月を経た重みがある。

「むろん、海におる我らが簡単に捕まるわけがないがの。そうしたらあやつらなにをしたと思う」

「……なに」

私が先を促すと、アンソルスランはいっそ妖艶なまでに微笑んだ。

「海に瘴泥の塊を投げ入れたのだ。おかげで連日浄化に追われておる」

「ここの領主まじめになにしてるの!?　滅亡でもしたいわけ!?」

あんまりにもあんまりな事態に、私は思わず頭を抱えた。こんなに頭の悪い経緯だったとは。

するとアンソルスランは不思議そうに、ゆらと耳のヒレを揺らめかせた。

「おや、陸の子には我の言葉の真偽はわからぬのであろう？　鵜呑みにして良いのか」

「そんな風に瘴泥（しょうでい）を投げ込まれて、瘴魔（しょうま）になった精霊に会ったばっかりなもんで」

「……ほう」

瑠璃（るり）色の瞳が細められたけど、アンソルスランは話を続けた。

「瘴泥（しょうでい）を投げ入れた後も、領主めは我らを捕らえようとうろうろしておってな。ゆえに海にたゆたう船はすべて追い返しておったのじゃ」

「漁師達が漁に出られないと困っていたが」

「領主も知恵をつけて、漁師の船で襲い掛かってくるものでな。我らに区別はつかないゆえ、すべて追い返していたのじゃよ」

ライゼンの問いかけに、あっさりと答えたアンソルスランはそう締めくくった。

言葉を重んじる人魚である彼の言う事は、おおむね信じて良い。

心底不愉快だが、これで全容が見えてきた。

ライゼンもある程度思い至った様子で、確認するように私に言う。

「漁師達は、領主が数年前に新しく赴任してきたばかりだったと言っていたな。海の事は疎（うと）いが、金勘定はうまいから、特に文句はなかったと」

「それってつまり、利益になるものだったらなんでもしかねないって事だね」

人魚の鱗（うろこ）は、とても硬くて色も様々、水に関連する魔法の触媒としても有用だ。ありていに言えばお金になる。

私は少々ぼかしたのだが、アンソルスランはやんわりとした笑みでぶっちゃけた。

「我らの容姿も声も陸の者にとっては魅力的だからのう。鑑賞用にも素材採取用にも価値があろう？　我らを捕まえようと船でやってきたところで、我らの声に聞き惚れて溺れ死ぬだけであるのに、愛いやつらじゃ」

くすくす、くすくす笑うアンソルスランには妙な迫力がある。初めて見るだろうライゼンは引きつった顔をしていた。

ま、ともかく。ぶっ飛ばす相手が明確になったのは助かるってもんだ。

ここは他国とはいえ、領主の横暴に困っている人達をほうっておきたくはない。

けれどもこれを二日で解決するのはちと無謀に思えてきたぞ……？

私がうんうん悩んでいると、アンソルスランが話しかけてきた。

「それでの、祈里よ」

「なに」

「つがいとなろう」

「ちょっと待ってね……て、は？」

なんか領主を引っ張り出す方法……と考えて生返事をしたら、妙な提案をされた気がした。

「なんだと」

隣のライゼンが耳を疑っている風な声音で聞き返すが、アンソルスランはただふむと優雅に顎に指先を置く。

「そういえば陸の人間はこう言わないのだったな。ではもう一度」

彼は私の手を取ると、ゆっくりと指を絡める。

「祈里よ、我と結婚しよう」

私とライゼンが絶句する中、発言主であるアンソルスランだけが悠然と微笑んでいたのだった。


禁漁問題を解決しようと聞き込みに来たら、人魚族の長アンソルスランに求婚された。

ちなみに私の小さな手を包む彼の手は、ひんやりとしていて吸い付くようにしっとりとしている。もふもふとはまた違った不思議な感触だ。いや現実逃避なのはわかってる。

だがわけわからん。

私が無言になっていると、ライゼンが荒っぽく身を乗り出した。

「いきなりなにを言っているんだあなたは！　今は海に広がった瘴泥をどうにかする話をしているんだ。そもそも彼女はまだ幼いんだぞ、結婚なんて早いだろう！」

「なにを言っているのだ、面妖な男よ。陸の者は幼子のうちに婚姻をしてはいけない決まりがあるのは知っておるが、我が祈里に会ったのは勇者時代であるぞ。すでに魂は成熟しておる」

「ぐっ」

ライゼンが言葉を詰まらせたけど、言うてあれだよな。

「でもスラン。あんた五百歳超えてたでしょ、ふつうにロリコンになるんじゃない？」

「ろりこん……ああ、幼子を好む性癖の事か。そういうものかのう？」

アンソルスランがきょとんとした隙に、自分の手を救出する。

ライゼンがアンソルスランに食ってかかったのは意外だったが、それは置いといて。

私は人魚の長を呆れまじりに睨んだ。

「あんた、まだ諦めてなかったの。あの時断ったでしょうに」

「当然であろ。そなたのような美しく稀な魂と共に歩めるのなら海底も華やぐと言うものだ」

悪びれた風もない彼に、私はこれ見よがしにため息をついてみせる。

すると今度はライゼンに詰め寄られた。

「以前にも求婚されていたのか？」

「まあねー。海はいい所だぞ、一緒になろうって。……あれ、そういえばあの時『婿に来い』とは言わなかったね。もしかしてその頃から私の性別わかってた？」

事あるごとに恋の歌を歌われて、他の人魚達に公認のカップル的に見られた時はどれだけ決まり悪くてこっ恥ずかしかった事か。

だが、性別に言及された事はなかった気がする。疑問を口にすれば、アンソルスランはなにを今更と言わんばかりだった。

「人魚に性別意識は希薄じゃ。どちらにせよ、そなたに合わせて変えれば良いだけじゃしの」

道理で性別迷う美人が多いと思ったよ人魚。その時は自分も性別に突っ込まれると困るから聞かなかったけれども。

十数年経っていてもまだまだ驚く事がある異世界だ。でもさ。

「そもそもなんでその話を蒸し返すんだ。今は関係ないでしょ」

「そうでもないさ。勇者王よ」

アンソルスランにそう呼ばれて、私は表情を引きしめた。

彼がそう呼ぶという事は、つまりはここからは個人ではなく政治的な話だ。

「ずっと我を誘っておったではないか。グランツ国であったか、その傘下に入るようにと」

「まあ正確には同盟だけどね」

十年前にそういう誘いをした覚えはある。もうその時には国を作るという構想をしていて、海の戦力……少なくとも安全が欲しかったのだ。

「このところ船の数が増えてな、こたびの騒動のように陸と無関係とは言い切れなくなっている。だが我ら人魚は陸に興味がなくてなあ。今ですら浄化さえできれば良いと考える者が多いのだよ。――そこで、そなたとの婚姻だ」

アンソルスランは苦笑に似た曖昧な表情のままだったが、言葉の端々に真剣な色が滲んでいて、彼が危機感を抱いているのだと理解できた。

「人であるそなたと我がつがえば、同胞達は人に興味を持つ。それくらいには我は同胞達から愛されておるからの。なれば、こたびの事件も人と足並みをそろえて解決する事が可能だ」

「私は人魚族との交渉権を得て、スラン達は陸の人間とのつながりを持つって事？」

彼は、おとぎ話に出てきそうな幻想的で美しいかんばせで微笑んだ。

「王たるそなたにとって、有益な交渉であろう？」

さすが伊達に五百年、生きていないってところだろうな。

救助を求めるのではなく、交渉カードを用意して有益な形に持っていこうとする。為政者として正しい対応だと思うわ。セルヴァも海とのつながりはぜひ欲しいって言ってたし。海の安全な海流や航路を熟知しているのは人魚だもの。

ダメ押しのようにアンソルスランが続けた。

「マーレン様は相も変わらずのんきであらせられるゆえな、今も我が一番海では偉いぞ」

知っているさ。海神マーレンは最低限しか仕事をしないから、アンソルスランが実質のトップだって事も。ただ、言わずにはいられない。

「ほんとこの世界の神様達っていい加減だよねえ」

だってそうだろ？　この世界に神は存在するのに、魔王の出現って世界の危機も、対処は人間に丸投げだ。私には天空神の加護が付いているらしいけど、まったく助けられた気はしない。

ともかく、アンソルスランの提案はまあまあ釣り合いが取れているわけで、利益に訴えてくるとこも冷静だよなって思うのだ。ぶっちゃけ悪くはないどころかめちゃくちゃ良い。

どう返事したものかと考えていれば、すう、と顔に影がかかった。

「人魚の長、それは看過できない」

低い声が耳朶を打ち、気がつくと私はライゼンの腕にかばわれていた。

へ、と驚いて顔を上げると、彼の厳しく引きしめられた横顔が目に入る。

顔を戻せばアンソルスランが瑠璃の瞳を細めていた。

彼の足のヒレが、海面を叩く音が響く。

「ほう。そなたが、看過できぬと申すか」

「その提案は祈里の人格を無視した言葉だ。そもそも祈里は見合いを拒否して旅に出たんだぞ、受け入れられるものじゃない」

「ほう、ほう、ほう。兄代わりと聞いていたが、ずいぶん真に迫っているではないか」

「俺は彼女の相棒だからな。侵害されているとれば嚙みつきもするさ。なにより共に歩む相手は好きあったもの同士であるべきだと思う」

ライゼン、なんだか妹に付きかけている悪い虫を追い払おうとしている感じでは？

私が驚いている間にも、二人は睨み合って譲らない。

うわ、アンソルスランってば、すげえ人の悪そうな顔になっているぞ⁉

「聞いたところ、行きずりの関係なのだろう。ほうっておいても良いだろうに。それとも別の理由があるのかの？」

途端、ライゼンの顔がこわばった。

殺気混じりの雰囲気が一気にしぼむ。なにか動揺する言葉があっただろうか。

激情を押し殺している風だったライゼンは、絞り出すように声を上げた。

「いくら為政者として正しかろうと、俺は見逃せない」

「いやそれは別にかまわないんだけど」

不穏になりそうだったので割り込むと、ライゼンは愕然と私を見下ろす。

「見合いが嫌だというのは嘘だったのか」

「いやなにかの役に立つんならそれでいいかなって。私結婚に夢なんて持ってないし」

特に為政者の婚姻なんてそんなもんだ。まあいっかなーって思わなくはないよ。

セルヴァもさ、はじめからそういうやつを持ってくれれば考えなくはなかったんだ。

……まったく、私の周囲は優しすぎて困る。

「そう、か……」

ライゼンがまるでしかられたワンコみたいにしょんぼりとする中、アンソルスランがゆったりと笑った。

「ならば、受け入れてくれるか？」

「お断り」

私が笑顔で両断すれば、アンソルスランはきょとんと瑠璃の目を丸くした。

確かに魅力的ではあるんだけどさ。

「スラン、あんた口説くのへたくそになったね」

「そなた好みの口説き方にしたつもりであったが」

「うん、割と心は揺らいだし、お見合い攻勢が続く中で聞いたら絶対に頷いていたと思うけどねえ」

セルヴァの見合い攻勢の最中に、アンソルスランから求婚されていたら二つ返事だったくらいには。

だが私は気づいてしまったのだ。

「私よりも大事な人が心に住み着いてる人とは、一緒になれないよ」

明るく言うと、アンソルスランが一瞬固まった。次いで眉宇が顰められる。

「なぜ、そう思ったのじゃ」

「え、だってスラン、女性になりかかってるでしょ？」

平静を保とうとしていたアンソルスランは今度こそ硬直し、かあと頬が薔薇色に染まった。

ライゼンはえって顔してるけど、まあそりゃそうだよね。今でも充分中性的だもん。

でも十年前に会った時は、中性的ではあっても雄々しかったんだ。

人魚は恋をする相手によって性別が変わる。特に相手が別の種族だったら、明確に変化するのだ。

十年前の私が変化のきっかけだったら、アンソルスランはもう女性か男性になっているはずだけど、まだ曖昧さが残っている。なら、つい最近、誰かを心に住まわせたと考えたほうが自然だ。

なのに、人間と友好を結ぼうとしているって事は。

「相手は人間ね。さらに人魚の事情に巻き込みたくないほど若いかな？」

彼が珍しく動揺したままなので、概ね正しいのだと知れた。

アンソルスランは、人魚の中でもかなり思慮深い。相手の事を考えてその人が陸で平穏に暮らせるように、でも一生接点を持てるように人間とのつながりを持ちたかったってところだろうか。

利用されかけたって事になるけど、腹は立たない。むしろ嬉しい。

「祈里よ……」

「昔のあんたの口説き文句が嘘、って思っているわけじゃないよ。あんたにも時が流れるんだなって嬉しいくらいだ」

十年前に出会った頃は、何もかもつまらなさそうな、彼自身神様みたいな顔をしていたもの。私に興味を示した時もほんのちょっと色を浮かべただけ。

それなのに今みたいに必死さを押し殺して私に交渉を持ちかけるまでになるなんて、成長した年上の従兄弟を見た気分だ。まあ、四百歳以上年上だけど。

「話は脱線したけども。私はあんたを友人として助ける。瘴泥(しょうでい)に関しても、何とかできるように考えよう」

この際二日での解決は諦(あきら)めて、長期の対処も視野に入れたほうが良いかもしれない。

なによりお魚とリトルクラーケンを食べるために！

このいざこざって、領主と漁師と人魚の間で正確な情報が共有されていないせいなんだよな。一堂に会して一発でわかるようにできれば、なんとかなりそうな気がするんだ。

そんな事を考えつつ決意も新たにしていたのだが、他二人が何とも言えない顔をしていた。

こう、全部おいしいところを持っていかれたみたいな。

「なにさ二人とも。まっとうな事を言ったつもりだけど？」

「いや、うむ」

「ああ祈里だな、と思っただけだ」

アンソルスランもライゼンも口々に言うのが解(げ)せない。

けれどもアンソルスランは息をつき、ヒレを優雅に揺らめかせた。

「残念だの。そなたであれば良いと思っておったのだが」

「だめ、というか。そんなに自分を安売りしないの」

「……では。そなたの力を借りるには我らはなにを払えば良い」

「あんた達の助力と、リトルクラーケン一杯よろしく」

当初の目的のものを要求すれば、呆れ顔のアンソルスランにため息をつかれた。

「勇者の力を借りるには安すぎる気がするが。そなたに言うても聞かぬだろう、承った」

「さて、詳しい算段だけれども……て、あれスラン、どうしたの」

アンソルスランが頭を海のほうに向け、表情を険しくしていた。

気づけば遠くに行っていたはずの人魚の一人が、アンソルスランのもとへ泳いできている。

「我が長っ」

「なにがあった」

「また襲ってきた嫌な船を追い返したのですが、そこに瘴魔が現れたのです。その瘴魔が逃げ出す領主を追って港へ行ってしまいました」

「港……？　どこじゃ、案内せい！」

アンソルスランの薄紅と紫の髪が鮮やかに翻った。

水しぶきを散らして、海の中に没する人魚の長は夢見るように美しい。

けれども、一瞬見えたその表情は、今まで見た事がないほど切羽詰まっていた。

「スラン!?」

「我は先にゆくぞ！」

そのまま、彼は高速で泳ぎ去ってしまう。

私達は人魚の高速遊泳についていけないし、一緒に行ったらむしろ死ぬからしょうがないんだけど！

あんなに必死なスランは初めてで。

「ああもうライゼンっ。港だ、行こう！」

「わかった！」

二人で急いで荷物を片付けて、港に戻ったのだ。

☆　☆　☆

海岸線をたどって街へ戻る道すがら、海で激しい水しぶきが上がるのが見えて、焦燥が募る。

そして舞い戻ってきた港街は騒然としていた。けれど意外にもパニックと言うほどではない。

もちろん逃げようとしている人はいた。けれどもそういう人達の顔に緊迫感は薄く、どちらかというと対岸の火事を見るような不安と興奮に包まれているのだ。

そのせいか大半の人が港や屋根に上って見物をしていた。

「でかいなあ！　しかも人魚達が集まってるぞ。まさか人魚が俺達を守ってくれていたのか」

「いやでも領主が船の航行を禁止してくれたから、無事だったんじゃ」

「それじゃあなんで貿易船は止められてねえんだよ。漁船ばかり割食ってるじゃねえか」

「聞いたかよ。あの瘴魔がここまで来たのって、領主が逃げ込んできたからって」

野次馬達の声をかき消すようにごう、と咆哮が轟いた。

途端、海上から巨大な魚影が飛び出し、逃げ帰ろうとする船の一つに噛みつく。

こちらにまで響く破砕音に、ばらばらと小さな人間が海上に落ちていった。

その暴挙を成し遂げたものに、私は目が点になる。

鋭角な鼻面に、流れるようでいて攻撃的なフォルムからは、すべてを破壊し尽くす強い意志が感じられる。その凶悪な頭部が二つ並んだそれは、あれだ、あれしかない。

「どこのサメ映画だよ!?」

それは双頭のサメ、オルトロスなシャークだった。

いや、何十人も乗れる中型船と大きさが変わらないから、鯨になるんだろうか。いや待てサメはほ乳類じゃなかったな。

私が混乱している間に、サメは別の船に飛びかかろうとしたが、寸前水面に波紋が広がった。

波間に、瑠璃を溶かし込んだように美しい声が響く。

歌詞のない、ほれぼれと聞き惚れてしまうその歌は、人魚の使う魔法だ。

そしてこの声はアンソルスランのものだった。さらに他の人魚の声が重なっていく。

私が視力を強化して探すと、美しい紅紫の髪が海面に広がっているのが見えた。

声に呼応するようにサメによって乱れていた波が、整然と動き出す。

彼らは、人の心を惑わせると言うけれど、それどころじゃない。

その歌声は海ですら従える。

歌う事で自在に海水を操る彼らに、海でかなう存在はいないのだ。

アンソルスランに従えられた海水は、大きなうねりとなって双頭の巨大サメに襲い掛かった。

海流はサメを捕らえた途端、表面の瘴泥を見る間に洗い流していく。

精霊に近く、さらに海神マーレンの力を分け与えられているらしいアンソルスランの声には、浄化の力が宿っているのだ。

あともう一息で完全に捕らえられる寸前、巨大サメの双頭が激しく振られる。

サメの表面にまとわりついていた瘴泥がまき散らされ、海水の勢いが弱まった。

アンソルスランもわかっていたのだろう、動揺した風もなく、さらに声を張り上げる。

しかし巨大サメのほうも、アンソルスランに目を付けて飛びかかってきた。それは他の人魚達の歌声によって起こされた波で阻害される。

だが、ただの魔法の歌では瘴泥に押し負けるらしく、サメの体当たりを食らい、海に没する人魚が少なからずいた。

その激しい攻防に、野次馬達も息を呑む。

アンソルスラン達はよくやっている。けれどもこのままではじり貧なのは目に見えていた。

サメがまき散らす瘴泥で汚染された海水は、人魚の歌声に反応しなくなっている。

いくら海が広かろうと、今この時に使える手札がないのなら意味がない。

この距離じゃ私の浄化は届かない。泳いでいくなんて無謀の極みだ。

じっとりと嫌な汗を感じつつ、港にたどり着くと、そこでは漁師達が諍いを起こしていた。
いや違うな、船に乗り込んで今にも海へ出ようとする青年を、漁師達が止めようとしているのだ。
しかも、乗り込もうとしているのは昨日私達と飲んで酔いつぶれた漁師の青年、ジョルジュだ。

「おいジョルジュ、今俺達が行っても無駄死になんだよ！　行くんじゃねえっ」

「止めないでくれおやっさん！　あそこで戦っているのは俺の大事な人なんだよっ」

「おめえ、まさか人魚と……!?」

おやっさんと呼ばれた漁師が驚いた隙に、ジョルジュは彼の腕を振り払って船へ乗り込むと、錬金炉心を動かした。

　こいつは好都合だ！

岸から離れていこうとするジョルジュの船に、私とライゼンは遠慮なく飛び乗った。
小型に分類されるだろう船は二人分の重みを受け止めて揺れる。
船を操舵していたジョルジュは、闖入者である私達に驚愕していた。

「なっ！　君達!?」

「ちょうど良かった。同行させてもらうぞ」

「いや、これから俺は」

「ジョルジュ、舵だけ頑張ってね。ライゼンどっかに掴まって！」

「お、おいなにを……!?」

「よーし張り切ってー！」

船尾に陣取った私は、両手を水面にかざす。

「〝噴射〟っ！」

練り上げられた魔力によって、爆発のような風が噴射された。

途端、船は文字通り飛ぶように走り出した。

「うわあああ!!」

悲鳴を上げながらも、ジョルジュの操舵の腕は確かだ。

よしこれで足は手に入れた！

しっかり踏ん張る事で耐えていたライゼンが大声で聞いてきた。

「祈里、まずはどうする？」

「とりあえずあのサメをぶっ飛ばす。人魚達を手助けする形で！」

この衆目を利用しない手はない。サメの瘴魔という明確な敵がいるのなら、人魚への悪感情を払拭するチャンスだ。私達もさくっと出ていけるし一石二鳥！

「それがいいだろう。浄化と操舵、両方いけるか」

「いけるけどそれが!?」

「なら、俺が前衛を受け持とう」

え、なんでと思ったけど、そうだライゼンは瘴魔を引きつけやすいんだ。

ならこっちに気づけば、勝手に向こうからやってくる。

「了解、そおれっ！」

ここは任せたほうがいいなと納得した私は、さらに風の噴射に浄化の光を混ぜる。

ライゼンは剣を抜きつつ、ジョルジュに声をかけようとした。

のだが。ぐんっ、と舵を切られる。

あんまりに唐突で、私も踏ん張りそこねて足が浮く。

風の魔力が乱れる前に、後ろからライゼンに支えられた。

「大丈夫か」

「な、なんとか」

あっぶねー。

見た目以上にしっかりとしたライゼンの腕にどきどきしながらも、一体なにがあったと振り返ろうとしたが、その必要もなかった。

「アンさあああああん!!」

走らせた船でジョルジュが飛び込んだのは、双頭サメと人魚……アンソルスランの間だ。

割って入った船に面食らったようで、サメは方向転換する。

が、その前に、ライゼンが片方のサメの鼻面を切りつけた。

通り過ぎる時に、私は美しいアンソルスランのぽかんとあっけにとられた顔を目にする。

ずいぶん間抜けだ。へえほおふうん。

船が盛大にドリフトし、私は遠心力で吹き飛ばされかかるのを踏ん張ってこらえる。

ジョルジュってばどんな操舵技術してんだよ。

再び巨大サメを探していれば、隣をアンソルスランが併走し始めた。その顔は大変に険しい。

「ジョルジュ、なぜそなたがここにいる！」

「ここで助けに来なきゃ、アンさんの友達なんて名乗れないだろ！」

ジョルジュに怒鳴り返されたアンソルスランが息を呑む。

髪の色が鮮やかに揺らいだ。

ああなるほどなあ。後でたあっぷりからかってやろう。

にまにま笑いつつ、私は瘴泥で濁った海面へ片手を向ける。

海面に手が届かないから、きっちりと。

「〝清浄を正常に。澄み渡りし浄化の光をこの海に！〟」

その手から浄化の光が強烈に広がり、濁った色を、腐臭を、すべて押し流していく。

「ジョルジュ！　サメが来るぞ、とにかく逃げ回るんだっ」

「お、おうっ！」

ライゼンの指示で、ジョルジュがフルスロットルで船を動かす。

私も風の魔法で船足を速めるのを手伝った。

「祈里よっ」

「スランは瘴泥が広がらないようにお願い！」

声をかけてきたアンソルスランにそれだけ言い残し、一気に風魔法を噴射する。

加速する小型船の後ろから、双頭のサメが凶悪な牙を剥き出しにして追いすがってきた。

わあこの構図、映画館でドアップで見た事ある！

至近距離でがちがちとぎざぎざの牙を打ち鳴らす様は、端的に言ってやべえ。

けれどもなぜかサメは少し速度を緩めて距離をとる。

え、と思った瞬間、双頭サメは勢い良く尾を振った。

瘴魔の強靱な尾びれから溶け出した、濃密な瘴泥の混じったしぶきが雨のごとく降り注ぐ。

やっば！

私はとっさに両手を上に向けた。

「浄化っ！」

風魔法を併用して浄化の幕を広げれば、降り注ぐ海水から瘴泥が消える。

海水のしぶきによって水浸しになったが、ライゼンとジョルジュは瘴泥をかぶってない。

しかし船足が致命的に鈍った事で、双頭のサメが船尾へ牙を剥いた。

くっそ、ミエッカを抜く暇がないっ。

「伏せろ！」

拳を振り抜こうとした私だったが、ライゼンの声に反射的にしゃがみ込む。

途端、頭上でライゼンの剣とサメの牙がぶつかり合う。

金属同士を打ち合わせるような音が響いた。

「っ!!」

私はとっさに両手を上にかざし、浄化の魔力を叩き込む。

じゅう、と焼ける音と共に、巨大サメが嫌がって離れていった。

わずかに苦しげな顔をしたライゼンが、髪から滴る水を片手で乱暴にぬぐう。

「ライゼン、瘴泥受けた!?」

「受けてはいない。それよりも祈里、今素手で殴ろうとしただろう。さすがに無謀すぎるぞ！」

「つい手が出たんだよ！」

「そういう事にしておいてやる。……だが剣じゃ間合いが短すぎるな」

濡れた手袋を不愉快そうに外しつつ厳しく緑の瞳をすがめたライゼンに、私はとっさにミエッカを貸せれば良いのにと考える。

けどミエッカってば私以外が持つの、死ぬっほど嫌がるんだよなあ！

その時ジョルジュの声が響いた。

「ライゼンさん、脇にあるやつを使ってくれ！」

「なんだって……これは、銛か？」

ちょっと振り返ると、甲板の脇に長く強靭そうな銛が固定されていた。

「リトルクラーケン漁の銛だ、そうそう折れないぞ！」

「助かった！」

ライゼンがすぐさま固定用のバンドを外して、もはや槍と言ってもいいそれを構える。

「ライゼンこっちに向けてくれ！」

慎重に向けられた銛の先に、私は全力で浄化の力を込める。

すぐに抜けてしまうけど、ないよりはマシだ。

ぶんと、手ごたえを確かめるように銛を振り回したライゼンは、私に問いかけてきた。

「追い込む事はできるか」

「任せろ」

すぐさま船速維持に戻った私は、船縁からたどる事ができるはずの海に意識を広げる。

あふれる浄化の魔力が、まだらに広がる。

浄化された海は、瘴魔となった双頭のサメにとっては毒の海も同然だ。

案の定双頭サメは嫌がるように、瘴泥に濁った海を選んで泳いでいく。

そして執拗に私達の船に迫ってきた。

それが誘導だと気づかずに！

「いける!?」

「充分だ！」

ライゼンが海面に向けて銛を構える。

強化魔法を使っているのだろう、彼の腕や足に淡い燐光が走っていく。

「はっ！」

そして、ライゼンは瘴泥の海から飛び出してくる双頭のサメへ銛を投げた。

豪速で飛んでいった銛は、サメの片方の頭へ吸い込まれる。

銛に付与されていたたっぷりの浄化の魔力が、サメを光で包み込んだ。

ふふん、たあっぷり込めたからな！

片方の頭が潰されたサメは、苦痛を表すように吼えて身をよじる。

再度海に没そうとするが、ライゼンは銛の先についていた縄をぐっと握り、甲板に踏ん張った。

「二人とも、振り落とされないでくれよ！」

あうんの呼吸で、ジョルジュが船をジグザグに振り回す。

サメを振り回す事で弱らせるためだ。

私もライゼンの持つ縄に飛びついて踏ん張ると、魔力を縄に注ぐ。

「っ！」

あふれる光に驚いたのか、ライゼンが息を呑むのが聞こえた。

浄化の力は縄を走り、獲物がびくんっ、と震える。

よし、手ごたえがあった。

あとは、瘴泥が消えるまで浄化するまでだ。

「祈里よ、まだじゃ！」

アンソルスランの声が響いて、緩んでいたはずの縄がふいに強く引っ張られた。

船が大きく揺らぎ、私は体勢を崩す。

ざんっと、瘴泥まじりの海水と共に、片方の頭を失ったサメが飛び上がってきて、ライゼンに体当たりを仕掛けていた。

驚くライゼンの顔が、サメと共に瘴泥の海に消える。

私は一瞬もためらわず、ミエッカを引き抜き海に飛び込んだ。

「イノリちゃん!?」

ジョルジュの絶望の声が耳に響く。

腐臭ただよう海に飛び込んだ途端、肌にひりつくような感触を覚える。

勇者であり、浄化の力を持つ私だからこの程度で済んでいるんだ。

瘴泥はありとあらゆるものを腐食させる。

だから、こんな濃密な瘴泥の海なんかに包まれれば、ただではすまないのだ。

まにあえ、間に合えよ！

私はミエッカを通して、全力で浄化の魔力を発散した。

広がった浄化の光は、瘴泥を吹き飛ばす勢いで洗い流し、あたり一面を煌々と照らし出す。

視力を魔法でなんとか補い、眼下に捉えたのは、ライゼンがサメの頭部にもう一度銛を突き立てる姿だった。

タフだなライゼン！

よおし、ミエッカ。あとで充分手入れしてあげるから、許してくれよ。

私はミエッカをサメへ向けて、思いっきり振り抜いた。

「(浄化斬！)」

振り抜いた渾身の一撃が双頭のサメに直撃し、よどんだ泥が吹き飛ばされる。

元の質感に戻った双頭サメは、塵と消えた。

瘴魔に深くまで冒されると、肉体も残らなくなる。安らかに眠ってくれとしか言い様がない。

けれども今はかまっている暇がなかった。

人間は普通、水の中で長時間活動できないのだ。私だって魔法で肺を強化していてもきつい。

ライゼンが力なく沈んでいくのを追いかけようとするけど、ミエッカを持っている分、うまく泳げない。

すると、鮮やかな色彩の人魚が横を通り過ぎていった。紅紫の髪はアンソルスランだ。

私もすぐに見知らぬ人魚達に腕をとられる。

「海は我らの領域です。勇者よ」

「我が長にお任せを」

人魚達の声と共に、私は後ろ髪を引かれながらも海面に上がった。

近くに待機していたジョルジュの船に戻されると、すぐに上がってきたアンソルスランがライゼンを抱えて続く。

甲板にぐったりと横たわるライゼンに、私はざっと血の気が引いた。

「ライゼンっ！」

すぐさま駆け寄って浄化の光を送り込もうとしたが、触れる寸前、ライゼンは体をくの字に曲げて激しく咳き込む。

甲板に吐き出されたのは透明な海水だ。

「死ぬ、かと、おもった……」

のんきなライゼンの感想に、隣のアンソルスランがころころと笑う。

「おぬし、泳げなんだか」

「……旅していたのは、陸地ばかりだったからな。助かった」

気まずそうに人魚の長に答えるライゼンへ、私は乱暴にのしかかった。

完全に不意打ちだったのと、全力で体重をかけたおかげで、ライゼンは再び甲板に倒れ込む。

緑の瞳を幼くきょとんとさせるライゼンにまたがった私は、半眼で言い放った。

「脱げ」

「は？」

ああもうまどろっこしい！　私はライゼンの服に手をかけてひん剥きにかかる。

くっそう、海水たっぷり含んでるせいで脱がしにくい！

「まて、祈里待てっどうした⁉」

顔を真っ赤にしたライゼンが慌てて私の手を止めようとするけど、構わず抑え込みにかかる。

「大人しく剥かれやがれ！」

「命の危機を感じるんだが！　ま、待てベルトはやめろ⁉」

「祈里、かように大胆なまねはせんでも良い。ライゼンは瘴泥に侵されておらぬよ。我が念入りに浄化したからの」

アンソルスランのからかいの混じる声音に顔を上げると、彼は人の悪い笑みを浮かべながらヒレを揺らめかせていた。

ライゼンが、ようやく理解した顔で私を見上げる。

上着を完全にひん剥きかけていた私は、その手を止めてライゼンを改めてじっくり見返した。

一応、服の上から見た限りは瘴泥の気配は、ない。

アンソルスランが海神の力によって浄化したのなら納得できる。

できるけれども。

勇者である私は、多少瘴泥に触れても大丈夫だ。

だけど普通の人は、肌に瘴泥が触れるだけで皮膚がただれるし、もろくて弱い。

何より、力なく横たわる姿が魔王の最期と重なって。

「また、消えちゃうんじゃないかって……」

私の声は、思った以上に弱々しく響いた。

あの時、グランツは髪の一つも残していってくれなかったんだ。

あ、やばい。こんなところで、あふれさせるのは。

ライゼンの襟首を掴んだまま私が唸っていると、そ、と彼の手が頬に伸びてくる。

海水で濡れた素手だ。

ひゅっと息を呑んだ私の頬を遠慮がちに包んだライゼンは、頬を緩ませた。

「大丈夫だ。俺は死なない。ちゃんと戻ってきた」

ぎこちなくも、ゆるりと撫でられた私は、きしり、と固まる。

そうやって撫でられたのが久しぶりで。意外と彼の手が大きいのも驚いて。

そしたらすとんと感情がフラットに戻ってきて、状況把握する余裕も生まれてくる。

落ち着け、ゆっくりと。

息を吐いた私は、決まり悪くて頬を掻いた。

「……あーごめん、取り乱した」

「とりあえずどいてくれればありがたい」

少しばかり気恥ずかしそうなライゼンが私の両脇に手を入れて、ひょいと持ち上げた。

見渡せば心配そうな顔をするジョルジュがいて、甲板には興味津々といった様子で身を乗り出す人魚達が乗っているのだ。

ライゼンはこの視線を気にしたのだろう。

これから事後処理を考えなきゃいけないけれども、我関せずでいるアンソルスランは大層気にくわないなあ。

と言うわけで、仕返しタイム！

「ところでスラン、ライゼンの浄化ってやっぱり声だったのかな？　それとも直接触れて？」

「くふふ、そなたが気にするとは、口づけでもしたかと思うたかの」

「え、あ、アンさん」

大層愉快げだったアンソルスランだったが、ジョルジュの呆然とした言葉に表情が凍る。

動揺しているジョルジュは、明らかに無理をしている声で言った。

「あ、いやいやうん。人命救助だもんな。俺だって溺れている奴がいりゃあそうしたし、俺もそうやって助けてもらった、もんな。アンさんにとっては普通の事で」

「ジョ、ジョルジュよ違うのじゃ。その我はの、必要だからで」

「長様、もしやこのヒトが、気になるお方でございましたか」

「勇者にふられた傷心を吹き飛ばしてくださったという……？」

「そなた達、ここぞとばかりに！」

私を運んでくれた人魚達に、興味津々で迫られたアンソルスランはめいっぱいうろたえている。

へえ～そんなおいしい物語があったとは。

やっぱりな、アンソルスランの心に住んでいたのはジョルジュだったわけだ。

おおかた、私への求婚の提案は長として人魚達を守るためにそんな選択をしたんだろうけど、グランツ国ではそういうのは通じないのである。その親玉である私もね。

そうだ、お互いに想いが通じ合って、状況が許すのなら、その人と添い遂げたほうが良いのだよ！

滴る水を払っていたライゼンは、私に呆れた顔を向けた。

「趣味が悪いぞ祈里」

「だって当て馬にされたんだぞ、これくらいの意地悪良いじゃないか」

完全に蚊帳の外な私達がこそこそと話している間に、アンソルスランはなんとか説得をしようとしていたが、ジョルジュは困惑している。

「後で話そう、ジョルジュ」

「え、その、うん」

見た事ないほどうろたえていたアンソルスランだったが、どうやら覚悟を決めたらしい。

にんまりとした私は、髪の紅紫色を揺らめかせて恨めしげにするアンソルスランに言ってやった。

「じゃあ、スラン。あとは思いっきり浄化をお願いな。私達のドタバタがかき消えるくらいの」

「……！　まったくそなたはどこまでお人好しなのだ」

アンソルスランが嘆かわしげに眉宇を顰めるのに、ちょっと嬉しくなる。

私が願ったのは、アンソルスランをはじめとする人魚達が、浄化をして人間の味方をしたように見せかけろ、という事だ。

私とライゼンがサメを倒したのは、たぶん港からも見えている。

その印象をかき消すほどのインパクトで浄化しろ、って言っているのだ。

普通なら無謀だって思うだろうけど、それが彼らにできる事を、私は知っている。

アンソルスランが私を見おろして悩んでいたのは、ほんの瞬きの間だった。

ざっと薄紅と紫の髪をなびかせ、アンソルスランは甲板の上から、海で待つ人魚達を睥睨する。

「さあ、歌おう、同胞達よ。我らの海を取り戻すために」

その横顔は荘厳で、自然と引き付けられる魅力を持っていた。

そして、人魚の長は、海面に足を下ろす。

とん、と彼の足先が触れた場所から、凪いだ海面に波紋が広がった。

まるでそこが地面であるように海面はアンソルスランを受け止め、彼はそれが当然のごとくゆったりと歩を進める。

そして、人魚達の中心で歩みを止めると、朗々と声を張り上げた。

人魚独特の歌詞のない音だけの歌は、人魚達の音階で歌う事で重厚に重なり、広がっていく。

さらに、人魚達の歌声に反応するように、清冽(せいれつ)な浄化の光があふれて海を青々と照らした。

歌という音楽に合わせて、波がゆるりゆるりと光に揺らめく様(さま)は幻想的の一言だ。

そして人魚達に囲まれながら浄化の燐光(りんこう)を一身に浴びるアンソルスランは、この世の者とは思えぬ美しさを放っていた。

これだけ派手な演出なら、港の人々にも届いている事だろう。

ただ私は聴いているのがちょっとこっぱずかしい。

だってこの曲、私が教えた地球の恋の歌だし。

これぜったいアンソルスランは、ジョルジュのために歌ってるだろ。

なんで公開告白が私にだけしかわかんないんだよばかー！

素晴らしく良い声なのに、全然ひたれないぜ……

まあ、いっか。アンソルスランは正しく、すべての意識を奪って聞き惚(ほ)れさせているのだから。

「これで、俺達の印象操作になるか」

その言葉に、私は隣で身を起こしているライゼンをちょろりと見る。

彼は人魚達の合唱に耳を傾けていながらも、こちらを向いていた。

「うん。私達にできるのはここまでだし。ちゃんとあさってには出られるでしょ」

「少々甘い気がするが、悪くないと思う」

ま、私達も行き当たりばったりな助っ人だからねえ。

と思いつつ、私はライゼンをじっと見つめる。

まぶしげに目を細めているが、苦しくはなさそうだ。

「……ねえ、ライゼン。やっぱり脱がない？」

「だいぶきわどい発言だからやめようか」

ライゼンに即座に返されてほっとした。

さあ、音楽を鑑賞する時は、私語厳禁だったな。

だから私はそれ以上は口をつぐんで、人魚達の合唱に浸（ひた）ったのだった。

閑話　黒となった青年は。

ライゼンは夏の夜の冷涼な空気に、港の熱気が混じっているのを感じた。

港では漁師達と街の人間、そして人魚達が飲めや歌えの大騒ぎをしている。

漁をはばんでいた瘴泥（しょうでい）が晴れた事で、明日から漁ができる喜びに宴（うたげ）が開かれているのだ。

まわりが酔っ払っているのを良い事に祈里がこっそり酒を楽しんでいるのを確認して、ライゼンは喧噪（けんそう）から一歩離れた。

あの後の騒ぎはすごかった。

人魚達の演奏会の後、港に戻ってきてみれば、漁師達は当然のように逃げてきた領主の船員達を捕らえ、尋問していたのだ。

このヴェッサは領主がいると言っても、あくまで国から押しつけられた監視官であり、元は一つの海上都市国家だったという。

漁師達は領主の船員達を尋問した事で、人魚達が自分達を守るために海域へ通さぬようにしていたと知り、祝いと和解の宴となっているのだった。

人魚の歌の高揚感もあるのだろう、多くの場所で酒の樽が空けられ、会場はもちろん、街中に酒精がただよっている。

普通の人間なら少々顔をしかめる程度で終わるだろうが、ライゼンには少し厳しかった。

酒がだめだと気づいたのはいつだったか。

あのまま街にいれば、酒精に当てられてこぼしてはいけない物がこぼれてしまいそうだった。

そして一番は。

「くふふ、言いつけ通り抜け出してきたの。重畳じゃ」

街の喧噪が嘘のように静かな港に、瑠璃を波間に溶かし込んだような声が響く。

人魚の長、アンソルスランがジョルジュの船に腰かけていた。

月明かりの下、紫と薄紅に染まる美しい髪を揺らめかせている姿は、おとぎ話から抜け出してきたようだ。しかし人魚族は面白がりの愉快犯である精霊に近い存在だ。気を緩めてはいけない。

「主賓であるあなたが、抜け出してこられるとは思っていなかった」

「みなただ騒ぐ種が欲しかっただけだからの。ほんの少し、印象を薄めれば造作もない事よ」

ゆるり、ゆるりと髪をくしけずっていたアンソルスランは、長い髪を背に払った。

衣を身にまとった全身が露わになっても、男か女か判別はつきがたい。

人魚の性は曖昧なのだから当然だ。

しかし、アンソルスランのまとう空気が硬質となった。

ライゼンが身構えた途端、船にいたはずのアンソルスランは、息が触れ合うほどの距離にいた。

いつ、距離を詰められたのか、わからない。

先ほどの対話から幻惑の魔法をかけられていたのだと、ライゼンは今更気がついた。

さら、と髪を揺らして、アンソルスランがライゼンの姿を観察する。

「ほう、剣は持ってきておらぬのか」

「……海に潜ったからな。さびついたら困るんで、手入れに出している」

「まあ良い。我は荒事は得意ではないのでな。言の葉をかわそうぞ」

「あんたに優位な状況だがな」

「ほう、ほう。なんとのう地が出ておるな。そちらのほうがずっと良い」

曖昧に微笑むアンソルスランに、ライゼンは口ほど抗議する気はなかった。

すでに、己の一番の秘密を握られているのだから。

「さて、ライゼン・ハーレイとやら。そなたはなぜ祈里のそばにいる」

薄紅と紫のたゆたう瞳にあるのは、真意を見通そうとする意志だ。

瘴魔のサメに襲われ海底に沈んだライゼンが助け上げられる時に、アンソルスランにささやかれたのは、今宵二人きりで話そうという事。

なにを聞かれるかはおおかた予想がついていたとは言え、明確に言葉にされると、やはり不規則に鼓動が跳ねた。

「普通の人は瘴泥に浸かれば無事ではすまぬ。なによりヒトの声に覆い隠され我にしか聞こえぬだろうがの。我はそなたの声に紛れる魔の音を知っておる。勇者と魔王の衝突は端の海にまで響いたからの」

うすうす気づかれているだろうと感じていたし、アンソルスランには見えてしまっていると思っていた。

あの海の底で、ライゼンは瘴泥に侵された海水に包まれ、瘴泥をもろに浴びていた。

普通の人間であれば、致死量となる毒。それを浴びてもなお、自分は生きている。

わかっていた事だが、自分は普通の人間ではいられないのだなと改めて実感した。

アンソルスランの背後では、幾本もの水柱が持ち上がり鎌首をもたげていた。

先に着いていた彼が、海を掌握していたのだろう。

敵地に飛び込んでいる事は、ライゼンにも最初からわかっていた。

「だが、祈里は気づいておらぬ様子。でなければあの子はあれほど天真爛漫に振る舞わなかろう」

アンソルスランがひとつたりとも偽りを許さないとでも言うように、ライゼンを睨む。

「魔の王よ。そなたは消滅したはずであろう？　なぜ人の身になっておる。我が愛しい地上の子のそばでなにを企んでおるのだ」

それは間違いなく、祈里を大事に思う言葉だった。祈里と関わった以上あり得る事だ。

ライゼンは、ゆっくり息を吐いて覚悟を決めた。

「なぜ人になったのかは、俺もわからない。気がついたらこうなっていたとしか言い様がない。今の俺は、ただの人の傭兵だ」

魔王として瘴泥の中心で生じた時、ただ勇者を倒さねばならない、という意志だけがあった。

だがいくら瘴泥を広げて瘴魔を向かわせても、勇者は折れず、仲間達と共に浄化を諦めない。抵抗されているうちに、次第に勇者という存在に興味を覚えたのだ。

自分がなぜここにいるのかも考えず、ただ瘴泥を広げていたにもかかわらず、どうしてそんな事を考えたのか、今でもわからない。

それでも人間に擬態して勇者一行に接触し、グランツとなって祈里と時を過ごして、初めて瘴泥と瘴魔以外の世界と、人間を……祈里を知った。

朗らかに笑い、仲間と時に冗談を言い合い、誰かを守るために奔走する祈里は、自分には理解できなかった。

なのに、まっすぐ前を向きミエッカを振るう彼女の横顔が目に焼き付いて。そこで自分がどれだけ虚ろな人形だったかを知り、初めて「なぜ」と考えるようになったのだ。

なぜ自分は彼女達の住み処を脅かさねばならないのか。

なぜ勇者である祈里を倒さなければいけないのか。

つたないながらも考えて考えて、ようやく自分は勇者ではなく、三上祈里という存在をなくしたくないのだと気づいた。

だが勇者を倒さねばならない。強迫観念のようなその思いを打ち消す事はできず、それでも思いついたのが、勇者に倒される事だった。

魔王である自分は、意識がある限り、勇者を倒そうとするはずだ。なにより自分はいるだけで、彼女達の生活を脅かす。ならばいなくなれば良いと、当時の自分は考えたのだ。

祈里との一騎打ちの中、無事に致命傷を負った時には安堵しかなかった。

自分がいなくなる事が、魔王である己のせいで故郷へ帰れなくなった彼女への贖罪になるとすら思っていたから。

『今度は、のんびり旅がしたいね』

だから、最後にそう言われた時は、許されたような気すらした。にもかかわらず、彼女の涙の気配がして驚いた。彼女は己よりもずっと成熟した人だと考えていたのに。

確かめなければと思ったら、辺境の地で人の少年になっていた。はじめは途方に暮れたが、少年の記憶を共有して納得し、ライゼン・ハーレイとして生きる事にしたのだ。

ライゼンは魔王の魂だが、瘴泥に耐性があり瘴魔を引き寄せやすい以外は人と変わらなかった。ただの人間としての生活は戸惑う事も多かったが、魔王がいない事で平和な世界を見聞きできるのが嬉しかった。自分は間違っていなかったのだと思えた。

だがそれでも彼女の涙の気配がどうしても気になって、せめて彼女の国を一目見ようとライゼンはグランツを訪れたのだ。

まさかその帰りに、少女になった祈里に出会うとは思わなかったが。

あの時はよく他人の振りができたな、とライゼンがしみじみしていると、アンソルスランの紅紫の目が細められた。

「そなたがただの傭兵じゃと。陸の鈍い者と一緒にするな。それにたとえ声に嘘はなくとも、まことの事を言うておる保証はないからの」

アンソルスランの感情に呼応して、背後の水柱が威嚇するように勢いを増す。

疑われるのはもっともだ。ライゼン自身ですらわからない事柄が多すぎて、自分が安全だという保障ができない。

それでもライゼンは、自分にできる精一杯の誠意を込めて言葉を紡いだ。

「ただな、なぜ彼女のそばにいるかは明確だ」

「ほう？」

「……俺はただ、彼女のそばにいたいだけなんだ」

実際に彼女ともう一度出会って少し贅沢になった自覚はあるが、突き詰めればそれだ。

本来だったら断ち切れているはずだった彼女との道が、なんの因果か再び交わった。

ライゼンはこの時間をできる限り大事にしたい。

ただの人形だったあの頃の自分に、あふれるほどの心を、色づくほどの想いを。溺れるほどの感情を注ぎ込んでくれた彼女に、なにかを返したかった。

いずれ別れが来るのはわかっているのだから。それまでは、彼女を隣で守りたかった。

アンソルスランは、わずかに目をすがめる。

「それを、我に信じろと？」

「……逆に聞くが、なぜ海中で俺を助けたんだ。見殺しにすれば簡単に終わっただろうに」

それがライゼンの知りたかった事だった。

アンソルスランはライゼンの正体に気づいてもなお助け、さらには祈里が知らない事を察して、船の上ではかばいさえしたのだ。

人魚の長はゆるりと目を瞬かせると、なぜかぷくりと頬を膨らませた。

「祈里の声がの、あれほど弾んでいるのを聞くのは初めてだったのじゃ」

まるで拗ねているような反応に、ライゼンは虚を衝かれる。

「あなたにはジョルジュがいるのでは」

「そなた、まだまだ情緒面では未熟じゃの」

なぜか深くため息をついたアンソルスランは、呆れ顔で続けた。

水柱こそなくならないものの、彼がまとっていた敵意は霧散している。

「恋慕の情がなくとも、親愛の情がなくなるわけではなかろうて。あの子には健やかに過ごしてほしいという気持ちもあるのじゃよ。そなたにあの子に対する害意がない事はなんとのうわかっておったからの」

「そ、うなのか」

「そなたの顔を見れば一目瞭然じゃたわけ者。馬鹿正直に我の敵意を受け取りおって」

十年人間をやり、人の心の機微を知ったライゼンは、アンソルスランが祈里の幸福のために黙っていたというところまでは理解した。

しかし、それでも彼の敵意がただの振りだった理由がわからず困惑する。

それほど顔に出ていたのだろうか、とつい顔に手をやると、アンソルスランに問いかけられた。

「名乗らぬのか」

なにを、というのは明白だ。

「名乗るつもりはない。今更、あの人のそばにいられない事はわかっているからな」

なにせ今は人間でも元とはいえ魔王だ。それが明るみに出た場合、諸外国や勇者にとって脅威と取られるのは間違いない。

そもそも、自分が魔王グランツだった証明は自分の記憶だけだ。余計な事を言って、彼女と彼女の国の平穏を荒らす事だけは避けたい。

ただの傭兵であるライゼンも勇者王である彼女のそばにいる事はできないし、あれからもう十年の年月が流れているのだ。

ただ、昼間に聞いた、彼女が押し殺すように泣く声が耳から離れなかった。

「まあ、よい。そなたの阿呆ぶりを、どうこうしてやる気もない」

己の思考に囚われていたライゼンは、アンソルスランの皮肉げな言葉で現実に引き戻される。

彼は、悔しさと苛立(いらだ)ちと不満に満ちた顔でライゼンを睨(にら)んでいた。

「我はそなたが気に食わぬ。今までのはふられた者の八つ当たりぞ。祈里には黙ってやるがゆえに、一度海に沈めるだけで許してやろう」

そう言ったアンソルスランが手を振り上げれば、水柱は再びライゼンに鎌首をもたげる。

あんなもので吹き飛ばされたら、海のどこに運ばれるかわかったものじゃない。

しかしライゼンは逃げなかった。逃げる気もなかった。ぐつぐつと腹の底が煮えるような感情ががその場に踏みとどまらせる。

ライゼンとてアンソルスランを許す気はない。

祈里が気にしていなくとも、彼女を利用しようとしたその事に怒りを覚えていた。

あの人はもう、誰にも縛られてはいけないのだ。

だからライゼンは名乗らない。もう自分が魔王(グランツ)に戻る事ができないと、わかっているからだ。

「望むところだ。俺もあなたを殴り飛ばしたい気分だからな」

「くふふ、気が合うとは業腹(ごうはら)だの」

陸の者が海のそばで人魚と対峙する。その蛮勇をおかしげに笑ったアンソルスランは腕を振るう。

ライゼンは襲い掛かってくる水流へ向けて、拳(こぶし)を振り上げたのだった。

その三　慌ただしく目指そう。

夏らしく、抜けるような青空が広がる出航日。

私とライゼンはヴェッサの街中を、泡を食って疾走していた。

出航時刻まで残り五分！　なのに私達はまだ街中である！

「あーもー！　なんで二日前から待ってたのに遅れるんだよー!?」

「君が領主の城に忍び込むと言って聞かなかったからだぞ！」

「当たり前だろ、事が事なんだから瘴魔についてはちゃんと聞いとかなきゃだめじゃない！」

宴会が一通り終わった後、アンソルスランってば、めちゃくちゃ重要な事を話してくれやがったのだ。

だから私は、宴会の翌日に丸一日かけて城に忍び込み領主に会おうとした。

だいたい事を早く進めるには偉い人を脅は……こほん、お話し合いする事だからね。

そしたらいかにもデスクワークが得意ですと言わんばかりの線の細そうなおっさんが……まあそいつが領主だったんだけど。なぜか夜逃げしようとしてるところに遭遇してさ。

とっ捕まえてせっせとお話し合いしていたら、こんな時間になったというわけだ。

その分有益な話を聞けたとはいえ、これは想定外だ。

いやでもさ、遅れたの私だけのせいじゃないし！

「あんたこそスランとどつき合いしてたじゃないか！　二人とも青たん作ってるし、あんたはびしょ濡れだし、すぐ起きないくらいダメージ受けるって。……そもそもなんで喧嘩してたんだよ」

「いや、それは……男同士の約束で」

「スランは男じゃないだろ！」

こうして追及しようとすると、ライゼンはあからさまに目をそらすのだ。

アンソルスランまで曖昧に笑ってごまかすし！　……そうだよ領主の話だってスランが話をそらすためのネタだったよもー！

「せっかくクラーケン焼き我慢したのに、これで間に合わなかったら悔やみきれないぞ！」

「港が見えたぞ祈里」

こいつあからさまに話をそらしやがった。

とはいえようやく開けた港にたどり着いたが、船は汽笛を鳴らして完全に岸から離れている。

だー！　脚力強化しても飛び乗れない！

かつてない絶望を覚える私の耳に、どこからか快活な声が響いた。

「ライゼン、イノリちゃん！　こっちだぞ！」

見ると、ジョルジュが手を振っていた。その後ろには錬金炉心を唸らせている小型船がある。

あれ、今日から漁に出るって言ってたのになんで？

「アンさんに待っていたほうがいいって言われたから待ってたんだ！　船まで送っていくよ！」

「ありがたいっ！」

小型船のほうが船足は速い。遠慮なく飛び乗った私達は、ようやくほっと息をついた。

快調に滑り出す船は、徐々に大きな旅船に近づいていく。

「すまない、世話になる」

「気にするなよ、ライゼン。間に合わなかった客を漁師達が送っていくのは、良くある事だから大丈夫だぞ！」

快活に言ったジョルジュは、次いで私達に照れくさそうな笑みを浮かべた。

「それから漁に行ったおやっさんやみんなを代表して。——ありがとな二人共。後は俺達でなんとかするよ。アンさん達と一緒に！」

まぶしいくらい明るい声に、するりと肩の力が抜けた。

彼らは、自分の足で歩む事を決めているのだ。

勇者時代は救いを求められてばっかりだったから、このままここを離れるのは無責任なんじゃないかと考えていたのが恥ずかしい。

勇者がいなくても大丈夫なんだ。彼らは彼らで生きていける。

でも一つだけ心配で、私はジョルジュに聞いた。

「ジョルジュ、これからアンソルスランとどうするの？　婿に入るの？」

「婿ッ⁉」

「人魚族と人では寿命が違うよ」

全力でうろたえるジョルジュだったけど、私が真面目な顔をしているのにこくりとつばを呑む。

そうしたら、あどけなさが残るものの、まっすぐな表情でこちらを見た。

「うん、俺のほうが早く死ぬからね。アンさんを置いて逝くのは嫌だよ。あの人がつまらない顔をするのも、寂しい顔をするのも嫌だ。だからなるべく長くそばにいられる方法はないかって聞いたら、教えてくれたんだ。嫌そうだったけど」

「え、なにを」

「俺が人魚に生まれ変わる方法」

予想外すぎて私が目を見開くと、ジョルジュは照れくささと複雑さの入り交じった表情で続ける。

「人魚が陸の人を閉じ込めるための秘技らしくてね、海で暮らせる体を用意して、魂(たましい)を移してくれるんだってさ。そうしたら、体を作った人魚と同じだけ生きられるんだ」

初耳の魔法に、私の心臓が変な風に跳ねた。転生。心はそのまま、別の何かになる。

「うまれ、かわるの」

「よくわかんないけど、そういう風にできるんだってアンさんが話してくれた。海の上はともかく、俺が海の中で暮らすなんて想像つかないし、今すぐどうするかまでは決めらんないんだけど」

不安そうに片手で頬を掻(か)いたジョルジュは、それでも安堵(あんど)を滲(にじ)ませてはにかんだ。

「それでも、アンさんと同じ時間を過ごせるんならいいなって」

なにもわかってないわけじゃない。ジョルジュはすごく考えて悩みながらも、アンソルスランと一緒にいたいと考えたんだ。

私は動揺しながら、その明るい笑顔が無性にまぶしく感じた。

未知に飛び込んでいける若さが、ほんの少しうらやましい。

あがけば少しは違ったのだろうか、なんてもう思わないけどさ。こうして、いつかの自分が悩んだ事を乗り越えようとする人は応援したい。

だからこそ、ヴェッサの領主に聞いた話は承服しがたいのだ。


旅船の人も慣れたもので、小型船で乗り付けた私とライゼンに縄ばしごを下ろしてくれた。

なんとか乗り込めた私達は、案内された客室で一息をつく。

客室は二段ベッドが二つ据え付けられた、窓のない部屋だ。

同室の二人はすでに船酔いをしていたらしく、私達が入ってきた途端ばたばたと外に飛び出した。

空調も照明もちゃんと完備されてるみたいだけど、こもっていればきついわなあ。

「君は上に行くといい。代わりに荷物を置いてくれ」

「やったー！　いくいく！」

二段ベッドの上ってちょっと特別感あるよね！

いそいそとライゼンの荷物をあげる手伝いをしてから、ごろんっとベッドに横になる。

シーツも綺麗だし変な匂いもしない。いい旅船だ！

にまにました私だったが、ふ、と我に返る。

なぜなら領主んところで聞き出した話が、突飛すぎて笑えもしなかったせいだ。

「ねえライゼン、本当に勇者教なんてものがあるのかな」

二段ベッドの上から逆さに覗くと、剣帯を外していたライゼンがなんとも言えない顔をする。

「本物か詐欺かはともかく、領主が入れ込んでいたからにはそう名乗る集団がいるのは間違いないんじゃないか」

「めっちゃめんどくさいやつじゃんやだー」

まあ領主は、絞めるまでもなくべらべらよくしゃべった。

案の定、領主があんな事をやらかしたのは、人魚で一儲けしようとしたためだ。

なんだけど、そんな危ない橋を渡った理由が、勇者教なるトンチキな宗教に対するお布施が足りなかったからだそうだ。

勇者を讃えるために献金するんだ、って真顔で訴えられた時はどん引きしたよね。

瘴泥の塊についても、勇者教に言われて輸送していたのを流用したなんて言われた時は開いた口が塞がらなかったものだ。

とりあえずどこが本拠地なのか聞いたらさ。

「スイマリアに本拠地があるって、私の旅って呪われてでもいるの」

「まあ、波瀾万丈では、あるな」

そう言ったライゼンの目がめちゃくちゃ泳いでいた。

わ、わかってるやい。どうしたって勇者から逃れられないみたいで悲しかっただけだい。

ヴェッサの領主は陸から集めてきた瘴魔も勇者教へ輸送していたらしいから、石城迷宮の一件とも根が一緒みたいなんだよね。

まったくあの領主もライゼンを見てすわ勇者か⁉　って目をきらきらさせるくらいなのに、なんで瘴魔を生み出そうとするのかぜんっぜんわかんないし！

「あーもう、なにみんな頭に瘴泥でも湧いてるの……」

「伸びすぎじゃないか、祈里」

私が足を二段ベッドの手すりに引っかけてぐでーんと逆さまになっていたら、ライゼンの呆れた声がした。いやあ、ごろごろしてるとこうなるよねえ。

そんな風に私がもやもやとしていると、扉の外が騒がしくなり外から声が響いてきた。

「おーい、人魚がいるぞ！」

「本当か!?　まさかまた船を沈めようって言うんじゃ……」

いや、船員さんの不安は杞憂だと思うけど、なんで人魚がいるの？

気配を察したらしいライゼンが受け止めるように手を伸ばしていたが、私は反動を付けて足を外し、体操選手気分で地面に落ちる。

「……？」

「よーし行くぞライゼンっ！」

ちょっと面食らった顔をしているライゼンを置いて、私は張り切って甲板に向かう。

そこにはすでに他の乗客や船員達が集まっており、船縁から海を見ていた。

小さな体を生かしてお客さんの間から顔を出すと、色とりどりの髪色をした人魚達と目が合った。

途端、美しい歌声が響き、何か巨大なものが水柱に押し出されてこちらへ降ってくる。

甲板にいた人達が驚いて離れたところに、どちゃっと落ちてきたのはでっかいイカだった。

フォルム的にはタコ寄りのイカって感じなんだけど、その大きさは今の私の身長くらいある。

「リトルクラーケンじゃねえか！　しかも獲れたてか、こりゃあ生で食えるぞっ」

船員さんの一人が舌なめずりしながら言うのに、私もまたつばを呑み込んだ。

私の視線に気づいたように、にっこり笑った人魚達が手を振ってくる。

「我らの長から、感謝の証しにございます」

「どうぞご賞味くだされ」

口々に言うなり去っていく。

なるほど、もう報酬の支払いをしてくれたのか。まったく律儀なやつだぜ。

甲板にいた人達は人魚達の突然の行動を興奮気味に話し合っていた。

「そういえば、一昨日の瘴魔騒ぎん時、人魚達と瘴魔を討伐した腕っこきがいたって話だったが」

「確かそれは黒髪のにいちゃん……まさか」

わいわい騒いでいた乗客と船員の注目が集まり、ライゼンがちょっと引く。

あー全部が全部印象を塗り替えられるわけじゃなかったか。また勘違いを生んでしまった事は、ちょっぴり申し訳なさを感じるが、うん。

まあ考えるのはこれから船旅の中でできるし、スイマリアで今まで起きていた瘴魔騒ぎを全部解消できるんだから、旅の締めくくりとしては悪くないだろう。というわけで今は……！

私はライゼンに駆け寄り服を握った。

「お兄ちゃん、私リトルクラーケン焼きとおさしみ食べたい！」

念願だったイカ料理、全力で楽しもう！

私の十歳児ムーブに、ライゼンはわずかに息を吐くと、船員達を見回した。

「……解体して、みんなに振る舞ってもらえないだろうか」

「よしきたまかせとけ！　おーい！　解体ナイフもってこーい！」

野次馬のごとく集まり始める乗客からの好奇の視線に包囲される中、船員達がリトルクラーケンを解体していく。

そして、真っ白なリトルクラーケンの刺身と、切り餅みたいに切り分けられて鉄板でじゅうじゅう焼かれたクラーケン焼きを思う存分堪能（たんのう）して。

こうして、私達はとうとう目的の街、スイマリアに向かったのだ。

第二章　天燈祭編

その一　宗教の自由はありですか？

夏の終わりが近づいて、山間(やまあい)にあるスイマリアには冷涼な風が吹いている。

だからこそ、大浴場にゆらりと湯気(ゆげ)が立ち上り、色とりどりの水着を着た人々が思い思いに温浴を楽しんでいた。

そこは、私が焦(こ)がれてやまなかった……のとは微妙に違うけども魅惑の楽園。

屋外温泉浴場である！

港町ヴェッサから船で一日。スイマリアの港にたどり着いた私達は、真っ先に旅の埃(ほこり)を落とすためにエルメテ浴場に来ていた。

船旅は三日かかるはずだったのだが、人魚達が張り切って歌ってくれたおかげで、海は抜群のコンディションを保ち、時間が大幅に短縮されたのだ。

スイマリアは夏でも涼しい山里にある街だ。源泉から立ち上る湯気(ゆげ)が混じり合い、あたりはよくけぶっている。天空神タイヴァスの神殿がある事で湯治場(とうじば)として栄えたここには、そこかしこに温泉を引いた浴場がある。

その中でも一番大きくて格式のある大浴場に来た私は、売店で早速水着を入手すると嬉々として浴場に突撃していたのだった。

男女混浴で水着着用が義務づけられているのが残念だけれども、温泉には変わりなし。

水色のワンピース風水着を着た私は、よーく体をほぐした後、そっと浴場内の階段を下りていく。

湯温は人肌と同じくらい。正直ぬるめだけど、かすかにただよう硫黄（いおう）の香りや青空の下、湯の中でのびのびと足を伸ばせる開放感は素晴らしい。

むふふとなりつつもう一歩踏み出したら、じゃぼんと頭まで沈んだ。

私の銀色の髪が湯の中で舞い上がり、差し込んでくる光できらきらと揺らめく。

あ、ちょっと綺麗。と場違いに思ったが、同時に足場がなかったのだと気づいた。

慌てて水面を目指そうとすると、大きな手に引っ張り上げられる。

もちろんその手の主はライゼンだった。

「気をつけろ、この浴場は大人でも頭まで沈む箇所があるそうだ」

「ありがと」

子供だけじゃ入れないからと、律儀に付き合ってくれたライゼンは、半ズボン型の水着である。

その上半身はそりゃあもういい感じに引きしまった筋肉がついていた。まさに使うために鍛（きた）えられたって感じ。

「その視線はなんだ」

「いや、見ごたえのある体だなーと思って」

いかん、ずいぶんセクハラくさい言葉だったぞ。

案の定、ライゼンは微妙な顔をしていたが、私を片腕に乗っけると、湯をかき分けて人の少ない所へ移動し始めた。そういうところは気がいいんだから。

そうして連れてきてもらった一角で、私はぷっかりと体を浮かせる。

「はあ〜極楽極楽ぅ」

船で縮こまった体が伸びるようだぜ。いや、体ちっちゃいから普通にベッドでも悠々と過ごしたんだけれども。

あたりを見回してみると、他の客もゆっくりと体を浮かせたり、のんびり泳いだり、深い所で湯に浸かりながらチェス盤を広げて対戦したりしている。

別の一角には動くのもおっくうそうな、少し顔色の悪い人達もいる。

この地域で温泉は、娯楽と言うよりも治療の一環として利用されているからだ。

というわけだし、あんまり騒がないようにのんびり過ごそうな。

「ライゼン、そういえば泳げないのに大丈夫なの」

「子供じゃあるまいし、足がつけば怖くはないさ。案外気持ちいいもんだな。久々にゆっくりできた気がする」

「あー船の中ではすごかったもんね」

ゆるーりと足を伸ばすライゼンの表情が久々に和(やわ)らいでいるのに、私はちょっとだけ申し訳ない気分になった。

リトルクラーケンが投げ込まれた事によって、私達が瘴魔(しょうま)に侵されたサメを倒した事が船中に知れ渡り、船に乗っている間中、ライゼンは質問攻めにされていたのだ。

私が要所でフォローしたとはいえ、多弁なほうじゃないライゼンにはかなりしんどかっただろう。

乗客は討伐に私が関わったとは思わなかったみたいで、こっちはほぼスルーだった。

そうだよな。こんな銀髪碧眼美少女が、ターボエンジン代わりに風魔法ぶっ放したとは思わねえよな。まあ奥様方は美少女な私の事を猫かわいがりしてくれたけど。

つまり真っ先に温泉に来たのは、ライゼンの慰労も兼ねているのだ。

「まあここが終着点だから。後はのんびりしてくれよ」

「いや、だが……」

ライゼンが言いかけた時、わっと歓声が響く。

まるでアイドルが登場したみたいな黄色い声だ。

何事ぞ、と振り返ると、仰々しい集団がぞろぞろと大浴場の縁を歩いてきていた。

ここは天空神の神殿があるから、そこに所属する神官が治療に来るらしい。

だからその神官が来たのかな、と思って見ていたのだが、やってきた集団は彼らが着る空色と金の制服ではない。

黒と銀を基調とした制服を着た人達は、浴場の一角に陣取ると、大きく声を張り上げた。

「皆々様、十年前我ら人類は魔王によって存続の危機に立たされました。神々の加護もむなしく、ただただ瘴泥で大地を、仲間を、愛すべき家族を穢されてゆく中で、しかし！　異界より召喚されし勇者、イノリ・ミカミが我らを救ってくださったのです！」

「イノリ・ミカミ！　イノリ・ミカミ！」

周囲のお付きの人達が唱和するのに、温泉に浸かっている人の間からも声が上がる。

勢いを得たように宣教役のお兄さんが身振り手振りも交えて、朗々と訴えていった。

「数々の偉業を成し遂げたイノリ・ミカミは未だに一国の王以上のお方となるべき存在である。かの君の功績を一つ語りましょう。本日は猛々しき武勇を誇るイノリ様の相棒たる、聖剣ミエッカとの出会いの物語！　皆様ご静聴くだされ」

温泉に浸かっている人達は、拍手こそしないけど概ね好意的に宣教者の話に耳を傾けている。

どうやらこの演説は、湯に浸かる間の娯楽として受け止められているみたいだ。

そりゃあ英雄の話だものね、派手で聞くのも楽しいだろう。でもね、でも！

「……出る」

さすがに、自分の美化された話を楽しく聞けるメンタリティは持っていないのだよ。

私はざばざばと身を起こすと、お湯をかき分けて陸地を目指した。

ほぼ泳ぐように水の中を移動する私の横を、ライゼンも歩いてくる。

「やっぱり無理か」

「温泉は惜しいけどここにいたら死ぬ、恥ずかしさで全身かゆくて死ぬ」

勇者王を題材にした舞台を見るって公務も、全力で拒否った私が楽しめるわけないじゃないか！

だがライゼンの反応は鈍く首をかしげていた。

「わかるようなわからないような」

「別に聞きたいならいてもいいよ」

「いやまったく」

あーでもお風呂はほんとに惜しいなあ。

「勇者の偉業を体感したければ、本日午後、オルター野外劇場へ――……」

私達は、努めて講話を聞かないようにしつつ公衆大浴場をあとにする。

まあまあ堪能できたしまあいっかと言い聞かせつつ街に出れば、ここに来るまでに見ない事にしていた物が目に飛び込んできた。

公衆大浴場は山肌に沿うように広がる街の上層にあるため、私達のいる所からは街並みが綺麗に見渡せる。

その中には、勇者教のシンボルである黒と銀色の十字の旗が掲げられた建物があった。さらに往来には、黒と銀を基調とした制服を着た勇者教の神官も見受けられる。

そう、天空神タイヴァスの信仰で有名だったはずのここは、なぜか勇者教で賑わっていたのだ。

けれど、天燈祭の準備らしき屋台もちゃんとあり、勇者教の旗のまわりには色とりどりの布で明るい飾り付けがされている。

住民はそれにまったく疑問を持っていない様子だ。

私には違和感があるとはいえ、お祭り前の浮かれた空気は正直楽しい。

とりあえず取っていた宿に戻ると、宿屋の女将さんの笑顔に迎えられた。

「お帰りなさい、二人とも。ちょっと早かったみたいだけど、エルメテ浴場はどうだったかしら」

「それが勇者教と名乗る神官が説法のようなものを始めてな。妹がのぼせそうだから、途中で出て帰ってきた」

「あらら、それは大変だったわね。掃除は終わったから座ってていいわよ」

柔らかく笑う女将さんの厚意に甘えて、ロビー兼食堂の椅子に落ち着く。

女将さんも手が空いているようだ。せっかくだから聞いてみようとライゼンに視線を向けると、察して彼女に話しかけた。

「いつから勇者教はここに」

「教祖様が来たのが三年くらい前かしら。そこから信者が増えたわねえ。でもいい人達よ。街から少し離れた山間の浴場に行くとわかるんだけど、急に魔物や瘴魔が増えてね。それを追い返してくれるし、勇者様の武勇伝を語ってくれるから。信者にならなくても娯楽として楽しむ人も多いわ」

「ここ、天空神様の神殿があるんじゃないの？」

私が遠回しに天空神の神官と喧嘩していないのか無邪気を装って聞いてみれば、女将さんはからからと笑った。

「元々タイヴァス様はおおらかな方だからね。ちゃんとお祀りしていれば良いって天空神の神官さんもおっしゃってるし、タイヴァス様は勇者様にお力を分け与えた神様だもの。喧嘩なんてしないでしょ」

脳天気というか、あっさりとした女将さんの言葉に私は苦笑した。けれど確かに宿屋の奥にはちゃんと天空神のシンボルも大事に飾られている。

このゆるゆるさは、仏壇と神棚を両方祀る日本の精神に似ている気がした。

まあ、そうかもしんない。だってこの世界には、天空神タイヴァスや海神マーレンの他にも様々な神様がいるのだ。さらに土着の信仰として力のある精霊を挙げる事もそこそこあって、沢山神様がいるのは普通だし、神様が増える事にもおおらかなんだ。

とはいえまだ生きてる人間が、本人の知らないところで神様として祀り上げられているのは珍しいと思うけど。

女将さんは声をひそめてて私達に打ち明ける。

「まあね、体を張って魔王から私達を守ってくれた勇者様が、なあんにもしてくれなかった神々より、ずっと神様にふさわしいいんじゃないかって思いもするのよ。ほら、勇者王が諸国漫遊の旅に出られていると言うじゃない？　この街に来てくれたら精一杯おもてなしをするんだけどねえ」

実はここにいるんだけどね。というか、こんな遠くにまで知られているのか私の家出。

だが、女将さんがライゼンを見てはっとしたような顔をした。

「そういえば、お嬢ちゃんの兄さんは黒髪だねぇ。もしかして勇者王だったりするのかい」

話を振られたライゼンは慌てず騒がず肩をすくめて見せた。

「そうしたら、妹はいないいさ」

「ちがいない！」

まさかその妹のほうが勇者王だとは誰も思うまい。

言ってみただけという雰囲気で笑う女将さんだったが、途中でなぜか苦笑に変わる。

「ただ勇者教が来たおかげで、街の男達がみんな勇者闘技(ゆうしゃとうぎ)に熱中しちゃってるのはちょっとねえ」

勇者闘技、とは。

私が女将(おかみ)さんの視線をたどると、テーブルで常連さんっぽい男達が真剣に語り合っていた。

「だから、賭けるなら豪腕のエルドだって！」

「いやいや、烈風のミラーナの速度に比べたらたいした事ないっ！　ここは一択！」

「てめえ、そう言って前回も負けてたじゃねえか。それに忘れてないか、飛び入りがいれば全部ひっくりかえる事もあるんだぞ！」

頭を突き合わせて熱がこもった議論を繰り広げる彼らは、なんとも楽しそうである。

「賭け事が行われているのか」

ライゼンの問いかけに、女将(おかみ)さんは頷(うなず)いた。

「勇者教の人達が使われてなかった野外劇場を改造して、勇者の偉業を再現するって名目で、魔物と戦士を戦わせて見世物にしているのよ」

「勇者教の人が、オルター野外劇場にどうぞって言ってた」

「あれだけは、どうにも好きになれないわ。だって魔物や人間を戦わせるのよ？　いくら勇者様の御業があるからって危なすぎるでしょう。しかも最近は過激になって瘴魔(しょうま)と戦わせる事までし始めたのよ」

「えっ」

瘴魔(しょうま)と戦う!?

私は思わず素で驚いた声を出してしまったが、女将さんは気づかなかったらしく優しく忠告するように言った。

「だからね、あなたは絶対に見に行っちゃだめよ」

彼女は私の頭を撫でて去っていく。

どこから驚いていいかわからないのだけれども。ふと、気配を感じて飛びすさった。

少しかがんでいたライゼンが、驚いたみたいに緑の目を丸くしている。

「耳打ちをしようとした、だけなのだが」

「ああごめん、ちょっと驚いて。なに」

心臓が飛び跳ねるのをなだめつつ私が努めて平静に問い返すと、ライゼンは困惑しながらも気を取り直して話してくれた。

「ヴェッサの領主が送っていたという瘴魔は、この勇者闘技とやらに利用されていたのだろうか」

「たぶんね。もしかしたら、トライゾのぼんくらが瘴魔を増やそうとしたのも関係あるかもしれないな。……瘴魔と人間を戦わせるって正気の沙汰とは思えないけど」

私はそういうボクシングやプロレスの感覚で、剣闘士達による命の取り合いをする興行がある事は否定しない。

気持ちのいいものではないけれども、うちの国じゃなければ適当にやってくれって思う。

だがしかし、瘴魔は明確に人類と世界の脅威だ。わざわざ瘴魔を輸送してまでやるとか理解に苦しむんだが。それは後だ。

「天燈祭本番まではまだ数日ある。勇者教を探っていくか」

ライゼンに言葉を取られて面食らった私は、彼をまじまじと見る。

「もちろん、やっていきたいけれども。ずいぶん積極的だね」

「君の知らないところで、『勇者』を良いように使われているのを見るのは不快だ」

私は思わぬ強い言葉に虚を衝かれて固まる。あっさりとのたまいやがったライゼンはいぶかしげな顔をした。

「どうした」

「……なんでもない、徹底的にこき使う算段を付けていただけ」

それから、私より怒っているライゼンに驚いただけ。

彼が顔を引きつらせる中、肩の力を抜いた私は考えを巡らせた。

「今回の目標は、勇者教の真意を探る事。勇者の名を冠しているのに、瘴魔を集めるなんて矛盾にもほどがある。増やした瘴魔を興行に回すだけとは思えないしね。そもそも瘴泥を集める方法なんてのも封じたい」

「だが今から勇者教内部に潜入しても、時間がかかるな」

「それなんだよなあ。手っ取り早く本性を暴ければ良いんだけど」

圧倒的に情報を集める手段が足りないのが問題だ。こういう時にグランツの支援が欲しい、とは思うけど、ここは他国だし外交問題になるな。

いや、そもそもセルヴァ達が勇者教について知っていたら、関係悪化とか一切考えずに潰しにかかる。一応勇者についてというか、私に関する風評被害には敏感だからなあ。やっぱ連絡入れんのはやめとこ。

そんな感じでうーんと悩んでいると、ライゼンも難しそうな表情で言う。

「本来の君が出ていけば、相手の出方を見れそうだがな」

「美少女な私じゃ、ミエッカ持っててもわかりっこないしなあ」

仮にも勇者教と名乗って勇者を讃えているんだったら、勇者王がいればきっと反応するだろう。けども世間の勇者像は黒髪で二十代の美……がつくかはともかく青年である。自分で言うのもなんだけど、そういう事になってんだよ。

せめて私が黒髪で男に見えたらまだ違ったんだろうけ……ど？

腕を組んで考え込んでいた私は、ふとライゼンを見る。

黒髪。男。顔も悪くない。見栄えがする。ついでにめっぽう腕が立つ。

「……確か話してたおっちゃん達、飛び入り参加ありって言ってたな」

「なにか思いついたか」

「ねえライゼン、ちょっと勇者やってみない？」

きょとんと目を丸くしたライゼンは、ちょっぴりかわいく見えた。

その二　飛び入り参加はありでした。

スイマリアの下部に位置するオルター野外劇場……またの名を闘技場の、青空にさらされる観客席は満員になっていた。

会場には、夏の暑さにも負けない熱気が充満している。

施設としてはイタリアはローマにあるコロシアムに近いだろう。舞台を囲むように階段状の観客席が円形に広がり、最上階の一部には、天幕がかけられている場所があった。

このオルター野外劇場は、元は天空神を楽しませるための祭儀場として作られたらしいから、その天幕の部分には本来、祭壇がある場所なのだろうな。

関係者特権で選手入場口から、ここ数日で見慣れた会場を眺めつつ観客達の歓声を聞いていると、警備員のおっちゃんが隣に立った。

「ようお嬢ちゃん、今日もいるのか」

「うん。一番近くで見ていたいから」

「兄ちゃん想いだなあ」

よく顔を合わせる警備員はしみじみ言いながら、歓声が上がる表の会場に目を向ける。

「おめえの兄ちゃんが、飛び入りで参加してきた時は本当に驚いたもんだが、あっという間に観客の目を攫っていきやがった。細いなりしてめっぽう強いし華がある。豪腕のエルドと力勝負で押し勝った時はたまげたなあ」

確かに、あの試合のライゼンは強化魔法を使ったとはいえ、正面から組み付き合ってたもんな。なんか一部で黄色い歓声が上がっていたよ。

けれどおっちゃんは残念そうに続ける。

「だが今日で快進撃も終わりだろうなあ。なにせ今回の相手は興行のメインイベント」

「瘴魔だから、でしょう」

私が言葉尻を引き取ったら、警備員は驚いた顔をしつつもなだめるように語った。

「その通り。この会場では勇者様のご加護で普通の魔物みてえに倒せるとはいえ、一対一だ。ここが乗り越えられなくてギブアップする連中も多い。お嬢ちゃんの兄ちゃんがいかに勇者様の名前にあやかっていても今日でおしまいだろうな」

「おじさん、心配してくれてありがとう」

たぶん元の私と同年代だろうけど。

私がショックを受けないか心配している警備員はなかなか人が好い。だけども。

にっと私は笑って見せた。

「お兄ちゃんは、瘴魔よりも強いよ」

それにそいつを確かめるためにここにいるんだから。

警備員がもう一度口を開こうとした矢先、わあっと歓声が上がった。

『さあお待ちかねっ！　本日のメインプログラムはあ！　勇者様の討伐再現だああ！　今回の勇者はたった三日で話題を攫いきった謎の新星！　並みいる剣闘士達を神速で打ち倒し、挑戦権を勝ち取った！　その名は道化かはたまた本物なのか！　黒髪の剣士、ミカミィィィ!!』

この日一番のブーイングと期待の野次が飛ぶ中現れたのは、ライゼンだ。

服装はいつもと同じだったが、目元は黒いマスクで覆っている。

顔立ちの端整さは見えるが、ライゼンの緑の瞳がわかりづらくなる小道具だ。

観客との距離は遠いから、緑の瞳に気づく人はいないだろう。

緑の瞳がわからなければ、そこにいるのは黒髪で端整な顔立ちの、恐ろしく強い青年だ。

この街に縁があって、なおかつこんな興行を見に来ている人々なら。さらに言えば「ミカミ」なんて勇者の名前を名乗っていれば、嫌でも勇者王を意識するだろう。

『そして、本日の瘴魔は、ここから西にある砂漠地帯で発見されたマンティコアだー！　尻尾の毒のトゲが瘴泥を含んでさらに凶悪になっているぞ！　ここでは勇者の加護で瘴泥に侵されないが、ひとつでも食らえばたちまち即死だあ！』

対岸の入場口から現れたのは、濃い腐臭をまとったマンティコアだ。

同時に舞台上に、ぼうっと魔法陣が浮かび上がる。

これが勇者の加護というやつだろう。私そんなものした覚えないし、そもそもできないんだけど。

だが舞台に上がった瘴魔のマンティコアが噴き出す瘴気は、魔法陣の外には出ていかない。

マンティコアは、舞台の中央が柵で仕切られているために、舞台上をうろうろしていたが、ライゼンを見つけて気配を変えた。

マンティコアは、銀級のハンターが複数出張って当然の相手だ。

『さあ、勇者ミカミよ、哀れな瘴魔に浄化の慈悲を！　レディ、ファイト！』

ゴングが鳴り響く。

途端、柵が取り払われ、ライゼンに狙いを定めたマンティコアが突進してきた。

普通なら瘴魔は動くたびに瘴泥をまき散らすが、地面に落ちた泥はすべて魔法陣に吸い込まれていく。

だが、それを目にとめる間もなく、ほぼ一瞬で距離を詰めてきたマンティコアに、ライゼンはひるまず剣を構える。

交錯した瞬間、ぱあと浄化の光が舞い散った。

観客からどよめきが起きる。

『なんとお!?　勇者ミカミの剣が光を放ち、マンティコアをひるませたああ!?　あれはもしや浄化の光か!?　まさに勇者のような戦いっぷりだー！』

その通りだよ、私が慣れない付与を全力で使って作った浄化の剣だ！　ただ、浄化の光って術者を離れるとすぐに溶け消える繊細なものだから、効力がもって十分くらいなんだよな……！

それまでになんとか倒してくれよ、ライゼン。

ほんの少し緊張しながら見守っている間に、悲鳴を上げて飛び離れたマンティコアだったが、すぐに体勢を立て直し尻尾を振り回した。

小さなナイフほどはあるトゲがライゼンに向かって複数飛んでいく。

そのひとつひとつが瘴泥をまとっていた。

『でたーっマンティコアの毒トゲ!!　一撃必殺のそれになすすべはないかー!!』

だがしかしライゼンは片時も足を止める事なく、トゲをすべて剣で切り払う。

どんな曲芸だよ⁉

ぱあと、浄化の光が散っていく中、ライゼンは一気にマンティコアとの距離を詰める。

浄化の光にひるんだマンティコアだったが、ライゼンへ前肢の一撃を見舞おうとした。

しかし、ライゼンのほうが一歩早く懐へ飛び込む。

私には、浄化の剣へ魔力がさらに乗るのが見えた。

振り下ろされた剣は、前肢を切り落とし、返す手でマンティコアを貫く。

内部にまで浄化の力が浸透したマンティコアは、光を散らして倒れ伏す。

床の魔法陣に触れた途端、その体はほどけ消えた。

その、鮮やかさに会場は静寂に包まれる。

『なんと、なんと、なんと！　私の目が幻でも見ているのか！　危なげのない鮮やかな手際！

勇者ミカミ、無事！　討伐だ!!』

一瞬間を置いて、熱狂する観客達の声で劇場が震える。

今だ。じっと魔法陣が消えていくのを観察し終えた私は、最後の仕上げに舞台上へ飛び出した。

そして壇上から下りかけていたライゼンに飛びつく。

「お兄ちゃんっ！」

審判兼警備員として配置されていた人達は、私の声が聞こえたかもしれない。

歓声を上げていた観客も、遠目でも銀髪美少女に見える私にざわめくのを感じた。

まあ、それも目的なんだけど。

受け止めてくれたライゼンの体を素早く精査する。

瘴泥がこびりついている気配はなし。ついでに消えかかっている床の魔法陣も確認できた。

興奮する妹を受け止めてなだめる事で、時間稼ぎをしていたライゼンが耳元でささやく。

そうでもしないと、声が観客の歓声にかき消されるんだ。

「どうだ、わかったか」

「おっけー、だいたい理解できた。例のやつよろしく」

「どうしてもやるのか……」

渋い顔をする彼に無言で頷けば、ライゼンはため息をついて顔を上げた。

観客席をゆっくり見回すと、拳を胸に当てて見事な騎士の礼をしてみせる。

それは勇者を召喚し酷使した、悪名高きルーマ帝国式だ。

それをしてみせた事で、新たな驚きに観客がどよめく。そんな動揺も意に介さずライゼンは片腕に私を抱き上げると、颯爽と退場口へ歩いていったのだった。

あれ、ちょい待て、こっちのほうがどよめき大きくない？

☆　☆　☆

今までの塩対応が嘘のようなにこやかな警備員やスタッフに見送られながら、私達は闘技場をあとにする。

帰りの道すがら、すれ違った女の子達が小さく歓声を上げた。

「ねえ、あれミカミ様じゃない？」

「素顔もすてきねっ。勇者闘技はあんまり興味なかったけど、ミカミ様の試合を見るために入場券買っちゃった」

きゃっきゃと話し合う女の子達が通り過ぎていった後、私はぐいぐいとライゼンを肘でこづいてやる。

「人気者だねえ、三上様。ばっちりうまくいってるぞ」

「羞恥で死ぬ」

ライゼンは顔を片手で隠しつつうつむいた。女の子達が通り過ぎていくまで表情を変えないでいたのは意地だったらしい。見えている耳は真っ赤だ。

まあ、うん。その気持ちもわからんでもないのだ。ただ瘴魔を倒しているだけなのに、まるで英雄みたいに扱われるのは、勇者時代に味わってうわあって思ったもん。

だけど必要な事だ。

なんとか自分を取り戻したらしいライゼンがふうと息をついて、ちらっと私を見下ろす。

「君が提案してきた時は正気を疑ったものだが」

「をい」

「まさかこんなに熱狂されるとは思わなかった」

ずいぶんぶっちゃけるライゼンだが、言葉を選ばないのはそれだけ疲れているって事だろう。

「これだけ注目を集めれば、無視できないからね」

だが、そのかいあって撒き餌効果も情報収集も充分できた。

私達は、ライゼンを「勇者王」に見せかけて、闘技場の剣闘士として活躍させたのだ。

闘技場の剣闘士は飛び入り参加もできたのが幸いだった。

リングネームとして、勇者王の名前である「ミカミ」を名乗らせて、仮面をつけて、ライゼンの緑の瞳を隠す。

私の提案に呆然としていたライゼンだったが、予選の対人戦に出場して並みいる剣闘士を全員打ち倒し、最短で瘴魔への挑戦権を得た。彼が対人戦もいけたのにはびっくりだ。

観客は勇者闘技を娯楽として見に来ているが、興行自体は勇者の偉業を再現する布教の一環だ。

そんな中、勇者王にしか見えない人間が現れれば否応なく注目は集まる。さらに今日は瘴魔相手に浄化の力まで見せたのだ。いや、浄化は私の仕込みだけど。

ここまですれば、勇者教も無視できないはずだ。

というわけで、絶賛ライゼンを餌にした一本釣りの真っ最中だった。

私達が宿屋に帰ると、待合所兼食堂で身なりの良い男がきらきらとした表情で待ち構えていた。

その後ろには連れらしき、がたいの良い男が二人いる。

「おお！　あなたが今をときめく勇者闘技の期待の新人、ミカミ様ですね。今日の勇姿も素晴らしいものでした」

釣れた！　いや大きな仕込みをして、なにもなかったらどうしようかと思っていたんだよ。

一瞬喜びかけた私だけど、おやや。この人、勇者教の神官服を着ていないな。

どちらかというと、貴族の上級使用人って感じだ。

話しかけられたのはライゼンなので、彼がその使用人っぽい人に向き直る。

「あなたはどなただろうか」

「これは、失礼いたしました。私はさる尊き方に仕える家令でございます。我が主がぜひあなた様をまねいて食事会をしたいと申しております」

ああ、やっぱり家令だったか。さる尊き方って言ってるくらいだから貴族だな。その後ろにいるのは護衛の人か。ライゼンがいない間に聞き込んだところ、強い剣闘士にはパトロンがつく事が多いらしい。そうじゃなくても、上流階級の人達は話を聞きたいと私達をお茶会やら晩餐やらに招待してくるんだ。

たぶんライゼンのパトロンになって、ステータスにしたいんだろうな。

でも、勇者教からじゃないんなら意味がない。

「もちろん、色々と支援させていただければと考えておりますれば」

「おにーちゃん。私おなかすいたよ」

こいつは違うと判断した私がライゼンの服を握って甘えんぼムーブをしてやれば、家令さんは銀髪碧眼美少女の私を目に映して絶句した。

ふふんこうしとけば、ちょっと興味があるくらいの人はひるむんだ。

そこをライゼンが私を理由に断るのがパターンになっていた。

のだが、家令さんはたっぷり十秒は沈黙した後、目に熱を帯びさせる。

あれ？　いつもと違う？

「妹を置いてゆく事はできないな」

「ならばぜひ妹様もご一緒に。勇者闘技の際にも妹さんを一人にするのは不安でございましょう。こちらでお預かりする事もできますよ。ええ我が主はあなた方を歓迎したいと考えております」

は、なに言ってるのこの人と思ったのは当然だ。

会ったばかりの人間の子供を、頼まれてもいないのに預かるなんて明らかに怪しすぎるだろう。

私とライゼンがぽっかーんとしている間に、家令は私に猫撫で声で話しかけてきた。

「お嬢ちゃん、このような場所よりも、広くて綺麗なお部屋に泊まりたくはないかい。おいしいものも沢山食べれるよ」

「え嫌」

家令の笑顔にピシりと罅が入る。

やべえ、ついわけがわからなさすぎて脊髄反射的に答えちまったぞ。

だけど、すぐにライゼンが私を背にかばった。

「妹が怖がる。帰ってくれないか」

「いや、ですが……」

「俺達はここが気に入っている」

「……また明日、来ます」

ライゼンが、断固として拒否すれば、気圧された家令はすごすごと帰っていった。

すぐさま、申し訳なさそうな女将さんがやってくる。

「ごめんなさいね。あの人ったらぜんっぜん聞いてくれなくて。せっかくあなた達が泊まってくれているのに」

「迷惑をかける」

「気にしなくていいのよう！　ここを気に入っているって言ってくれて嬉しかったからね。勇者闘技をやっているのだって、なにか理由があるんだろう？」

私とライゼンに向けて、女将さんはわかっているとでも言いたげに意味深な表情を浮かべる。

これは完全に別の勘違いをしている顔では……？　たとえば、なにがなんでもお金が必要になったから無謀な剣闘士になったとかそういう。

これは地味にいたたまれないぞ。

「その」

「さあ、今日も勝ったんだろう！　お祝いにおいしいご飯、用意するからね！」

同じ事を感じたらしいライゼンが声を上げる前に、女将（おかみ）さんは足取りも軽やかに厨房（ちゅうぼう）へ消えていった。宿泊客以外にも開放されている食堂では、他の客がそわそわとこちらを見ている。

なるほど、ライゼンの噂（うわさ）を聞きつけたお客さんが増えたのね。女将（おかみ）さんが上機嫌になるのもわかるわ。

ライゼンが勇者闘技に出場して数日だけど、噂（うわさ）が広まるのはめちゃくちゃ速かった。

もう完全に剣闘士「ミカミ」がここにいる事は知れ渡っているようだ。そして今日の活躍で勇者ミカミの存在は、この街に知らない者がいないまでになる。

こうしている間も、美少女な私よりライゼンに集まる視線のほうが多い。

懐かしいなあ。勇者時代もよくこんなふうに人に注目されたもんだ。

私は十歳児の顔をして、さらりと食堂を見回す。

ふんふん、今食堂にいるのは六、七人ってところだ。夕飯前にしてはお客さんは多い。大半は普通の野次馬だな。あとは、ふむ。

「なあ、あんたが今日の勇者、だったんだよな？」

内心ほくそ笑みつつ、私は食堂のお客さんに声をかけられるライゼンの横についていたのだった。

☆　☆　☆

食堂で夕食を取った後早々に部屋に引き上げると、ライゼンがどっとベッドに突っ伏した。

「つ、かれた……」

「お疲れ様ライゼン」

私は窓をちょっと開けて、申し訳程度に手をぱたぱた振ってライゼンに風を送ってやる。

少し開けた窓からは涼しい夜風が入ってきた。

さっきまで、にわかファンに囲まれて怒濤のおごり酒攻めにあっていたのだ。百パーセント好意のそれから逃れるために、熾烈な攻防を繰り広げていた。

さすがにかわいそうになったから妹として助けてやったさ。

お酒の匂いだけでしんどかったのか、ライゼンの顔色は少し悪い。

「お水、もらってこようか」

「……少し休めばなんとかなる」

私がベッドに腰かけると、ライゼンは突っ伏していた顔をこちらに向けた。

なにか、思うところがある顔だ。

「君は、ずっとこんな視線にさらされていたんだな」

「え、ああ勇者時代？　慣れればしんどい事はなかったよ。ルーマ帝国の威信にかけて、高級宿に泊まらせてもらう事もそこそこあったし」

ああいう宿は、お客さんを守るって精神が根付いているから、野次馬を防いでくれたのだ。

だから、あえて目立つような行動をしている今よりはマシだ。

けれど、ライゼンの言葉にはいたわりが混じっていて、ちょっと心が温かくなった。

まあ言ってやらないけど。

落ち着いたらしい彼が、体を起こして私と向き直る。

「で、祈里、闘技場についてはどうだった。瘴魔は本物そうだったが」

「うん。飛び散った瘴泥はすべて闘技場の床にある魔法陣に吸い込まれていた。もう一度聞くけど、あんた体の調子はまったく普通よね」

「瘴泥に侵されるような感覚はないな」

「だけどあれは神々でも、ましてや勇者の奇跡なんかじゃないのは確かだ」

浄化の力が作用する過程に似ていたから、天空神の神官達もその奇妙さに気づかなかったんだろう。でも、間近で見て感じればすぐにわかる。あれは浄化とは似て非なるものだ。

「少なくとも、瘴泥をどこかに吸収しているんだと思う。しかも吸収された先ではあの闘技場で生まれた魔力と一緒に、瘴泥が何倍にも膨らんでいるはずだ」

「その吸収した瘴泥がどこに行ったか、と言う事だな」

ライゼンが厳しい顔で言うのに、私は頷く。

人々が集まる所には、彼らから発散される魔力が渦巻くものだ。

だから祭りは開く事自体が儀式の一環になるし、神様への供物になる。

めちゃくちゃイベント興行めいていても、勇者闘技が勇者教の儀式なのは間違いないし、わざわざ瘴魔の浄化を見世物にしているのも瘴泥を増やすためだと考えられた。

ところが、「なんのために」と言うのがまったくわからない。

こういう時ナキがいれば分析してくれるんだけど。

グランツに協力を求めたほうが良いとは思うが、ここからだと連絡を取るのにも時間がかかる。

「ほんとは勇者教が反応してくれれば万々歳だったんだけど、なぁ」

私が言いよどんだ事に、ライゼンが気づいた。

「なにかあるか」

「ちょっとあの家令の反応が気になってね。なんか妙に熱心だったからさ」

あの家令、私を見た時に目の色が変わったんだよな。ともすれば、ライゼンよりも私を招待したいみたいに。それが今まで「ミカミ」に興味を持った人達との違いだ。

彼の主がロリコンなのかぁ？　とか考えたけど、それにしてはなにか違和感があるというか。

ぶっちゃけライゼンとセットが良いみたいに思えたのは、気のせいかね。

「まあでも、あとは明日だから」

「じゃあ、今夜は寝るか」

「そうだね」

うんしょと、ベッドから立ち上がると、ライゼンが隣に立っていた。

「「…………」」

無言で見つめ合った私達はお互いの意図を察した。

天燈祭で賑わっているこの街の宿は、現在は満室に近い。

この青鳥亭も例にもれず、私達が取れた部屋はダブルベッドの一部屋のみだった。

我らは一応他人の男女。一緒のベッドに寝るのは少々具合が悪い。

だから昨日まで私がライゼンを押し切って、備え付けのソファで寝ていたのだ。

彼は散々もの言いたげな顔をしながらも大人しくベッドに入っていたのに、今日という今日は譲らない気らしい。

そして戦いの火ぶたが切られた。

まずは先手必勝。私は気づかなかった風を装って朗らかに言った。

「ライゼンどうしたの？　今日はマンティコアと戦ったんだし、酒気にあてられてきつかっただろう。ベッドで休みなよ」

「今日こそは君がベッドで眠ってくれ。俺はソファで寝る」

一方的に言い残してソファへ行こうとするライゼンの服を、私はがしっとつかみ取った。

「いやいやそれは初日に話し終わってたよね？　あんただとソファからはみ出るでしょーが」

「だが、君だってソファじゃ寝苦しいだろう。一日くらいゆっくりしてもいいんじゃないか」

ぎ、と睨み合う我らの間に緊迫した空気が流れる。

くそうライゼンめ、前日に言いくるめられたのを根に持ってるな、譲る気配がまったくない。

「君だって、ベッドで寝たくないわけじゃないだろう。何度かソファから落ちかけて起きているだろうが」

「そりゃそうだけどさあ……てあんたも起きてたの⁉」

私が目を丸くすると、ライゼンが決まり悪そうに目をそらした。

「連れを窮屈な場所に押し込めていたら気になるに決まっているだろう」

「ちゃんと寝なきゃ譲った意味がないじゃない」

呆れた私だったが、これでは堂々巡りになってしまう。

ううむ。一応ベッドはダブルサイズだから、まあ……うん、コレしかないな。

すごく気は進まないけれども。

うろうろと視線をさまよわせた私は、覚悟を決めてライゼンに提案した。

「なら、一緒に寝よう」

「は……と⁉」

私は虚を衝かれた彼の足に、体を強化して渾身の足払いをかける。

ライゼンが体勢を崩したところで体重をかけ、そのまま一緒にベッドへダイブした。

ベッドがぼふんと弾んで、私と彼を受け止める。

焦ったライゼンはすぐに起き上がろうと抵抗するが、上に私がいるためうまくいかない。

はっはー！　体重が軽くても関節を極めているからな！

「なにしているんだ⁉」

「どっちも譲る気がないんなら、これが一番穏当だろう？　異論は認めない」

「いやでもな祈里……」

「だって、あんたはロリコンじゃないんだろう」

ライゼンは、こちらを見上げて絶句する。

私は喉に絡みそうになる声を、なんとか平静に聞こえるよう絞り出した。

「天燈祭が終わるまでは、私とあんたは兄妹だ。なら同じベッドに寝るくらい、たいした事じゃないよね」

あんたがどう言うつもりで私のそばにいるかはわからないけど。

くっそ、室温が急に上がってきた気がするぞ。

汗が滲(にじ)んでないかな。部屋は薄暗いからたぶん表情は見えてないはずだ。

さら、と私の銀の髪が落ちて、ライゼンの黒髪に混ざった。

長いような短いような沈黙の後、ライゼンの体から力が抜ける。彼は諦(あきら)めたように息をついた。

「……わかった。寝よう」

「よろしい」

その言葉にほっと息をついた私がどくと、ライゼンはにじりにじりとベッドの端に寄った。

つまり私にあてがわれたのは壁際である。なぜに。

「そっちなら君が落ちる事もないだろう」

「ぐぬぬ……」

ライゼンが逃げないように、そっちを取るつもりだったのに。

しかもこれだと私が逃げられないではないか。

まあでも自分から言い出した事だ。もう寝る支度は済んでいるから、薄い毛布を引き上げてかぶり、ライゼンへ背を向けて横になった。

開けていた窓を閉める音の後、背中越しにごそごそと動く気配がして、ぎしりとベッドが軋む。

ちゃんとスプリングの利いた良いベッドだ。

覚悟していたが、背中越しにライゼンの息づかいや体温が伝わってくる気がして落ち着かない。

勢いで言ったとはいえ、これはちょっと早まったかもしれない。

でも全部ライゼンが悪いんだ。

ぶつぶつと根に持ちながら、私はうとうとしたのだった。

その三　情報共有は大切です。

私はふと目を覚ました。視界はまだ暗く、風のそよぐ音が聞こえる。

私は結構寝つきが良いほうだ。なのに急に起きたのはどうしてだろう。

なにかがおかしい。

そうだ、窓を閉めたのに風が吹いている。

さらに風霊の気配がしない。

こんな風が通っているのなら、蚊みたいにそよいでいる風霊が！

瞬間、ライゼンがベッドから転がり落ちた。

首を巡らせてそちらを見ると、さっきまで彼の頭があった場所に、短剣が突き刺さっている。それをしていたのは細身の人影だ。

つまり侵入者！

飛び起きた私は、すかさずその侵入者へ襲い掛かった。

精霊避けをかけるなんて、用意周到な奴だ。

ミエッカを脇に置いておかなかったのは私の失態である。

だけどもこういう暗殺は慣れっこなものでね！

「〝雷撃〟！」

「っ⁉」

私は侵入者に向けて雷光をまとわせた拳を振り抜く。

腹を抉ろうとしたのだが、侵入者は紙一重で避けた。

まじかよ、完全に不意打ちだったんだぞ⁉

ばちっ、と不発に終わった光魔法が一瞬侵入者とライゼンを照らす。

侵入者は普通の服装でまとめているが全身暗色で、唯一覆面だけはしていた。

けれど、強烈な紫の瞳がこちらを見ていて。

「っい⁉」

私が驚いて固まっている間に、その侵入者は猫みたいな身のこなしで体勢を立て直すと、ライゼンへ短剣を振り抜く。

けれどラフな格好のライゼンは、すでにまくらの下に仕込んでいた短剣を構えていた。

がん、と短剣がぶつかり合う音が響き、たちまち肉弾戦になる。

体格としては侵入者のほうが少し劣るのに、それを補ってあまりある体術でライゼンを圧倒していた。起き抜けのライゼンが若干押され始める。

「よくも勇者王を穢したな、偽者めっ」

怒りをたぎらせて漏らされた声は、女性のもの。

私の雷撃、当たってなくても光で目潰しされただろうに。……って、まじか、本当にまじか⁉

いやでもこのままじゃ危ない。第一段階で失敗したら。

たちまち、窓と扉側から新たな侵入者が一人ずつ現れた。

ちっ、やっぱり後詰めを用意していたか！

予測していた私は右手を指鉄砲の形にして、扉側の侵入者を狙う。

「〝雷撃〟っ！」

今度は狙い違わず当たった雷撃で侵入者が崩れ落ちるのを見届ける間もなく、ソファに立てかけてあったミエッカをひっつかんだ。

ライゼンは私が取りこぼした窓側の一人と最初の一人を相手にぎりぎりの攻防を繰り広げている。

私はミエッカを引き抜くと、はじめの侵入者に叫んだ。

「待てシスティ！　この剣が目に入らないか！」

ご老公の紋所的な言葉に、侵入者達の動きが一瞬止まった。

すかさずライゼンが押し返す。元からいた侵入者は距離を取ったが、すぐに我に返って肉薄する。

だが、ライゼンと入れ替わった私がその侵入者と切り結んだ。

嫌でも目に入るのは、鉄バットなミエッカだ。

「っ⁉」

侵入者は今度こそうろたえて、短剣を引いた。

まあ自分の名前を呼ばれて、外見十歳児な美少女にグランツ国一番の腕利き諜報員の剣を止められたんだから驚くよね。

いや私もめっちゃくちゃ驚いているんだけれども。

動揺も露わにいったん距離を取った侵入者は、普段なら考えられないだろう事をした。

顔の覆面を取ったのだ。

さら、と艶やかな明るい栗色の髪が落ちる。

外見は二十代後半、肌は宵闇の中でも白く、街でちょっと有名な綺麗なお姉さん、といった雰囲気の顔立ちだ。

だが、今その表情は動揺に染まっている。

自分がなにを見ているか、信じられないんだろう。

「うそ、なんでミエッカが、え、でも子供ですし、元の年齢に戻っていらっしゃるんじゃ。え？」

「ついでに浄化の魔力でも見せる？」

反撃の意思はないと見て取った私は、ミエッカを肩に担いで笑って見せた。

「いったいこんなとこでなにやってんのさ、システィ」

「イノリ様……!?」

そんな悲鳴のような叫びを上げて、我がグランツ国の諜報部長システィ・エデは短剣を取り落としてその場に跪いた。

彼女の動揺ぶりに、もう一人のほうもわけわからないながらも膝をつく。

予想外の獲物が釣れてしまった私がめまぐるしく状況を把握しているさなか、ライゼンは困惑しつつも同じように短剣を下ろしていた。

「祈里、知り合いなのか」

「イノリ様を呼び捨てにするとは無礼者！」

「システィ、ライゼンは私の大事な連れだ。いいんだよ」

「ですがっいえ、申し訳ありません」

ライゼンに敵意満載でかみつきかけたシスティをたしなめると、彼女はぐるぐる唸りつつ押しとどまる。

けれども、そわそわと私をうかがう姿は「気になってます」って全力で主張していた。

そりゃそうだよね。スイマリアで偶然出会っちゃったんだもの。驚くし気になるだろう。

けれども、システィの発言からすると、私が知らない事も沢山あるようだ。

「システィ、防音は平気ね？」

「はい、侵入前に精霊避けと防音の魔法をかけておりますれば」

さすがうちの諜報部長、仕事に抜かりはない。

とりあえず、私がしびれさせてしまった諜報員一人はもう一人が引き取って先に帰ってもらった。

ごめんな、後でちゃんと危険手当を増やすように言っとくから。

そして魔法ランプをつけた部屋にシスティと私、ライゼンが残ったところで自己紹介から始める。

「よし、じゃあライゼン、この子はシスティ・エデ。見ての通り人間で、グランツの諜報部長だ。システィ、こっちがライゼン・ハーレイ。銀級の今まで一緒に旅してきた相棒」

「……その素性は俺が聞いて良いやつだろうか」

「うちの諜報部員めっちゃ優秀だもん。街角ですれ違ってもぜったいわからない」

困惑するライゼンに、私が自信を持って言えば、愕然としていたシスティが嬉しそうに頬を紅潮させる。

彼女は自分の仕事を褒められるのが一番好きだからなあ。

小さな頃から暗殺者として育てられた彼女との出会いは、勇者時代の私を暗殺しに来た時だ。

なんやかんやあって、元の組織の偽りを知った彼女は組織を抜け、私の仲間になってくれた。以降は後進を育てつつ、自分の技をグランツのために使ってくれている。

今じゃ、私の妹か娘みたいな子だ。

そんなシスティは、そわそわと頬を染めつつ私を見上げた。

「イノリ様、まずはご無事でなによりです。レイノルズでの騒動はさすがのお裁きでございました。ですがその、なぜそのようなか……ちいさいお姿に。実年齢に戻られているというお話では」

「わっかんない。だけど気がついたらこうなってたんだよねぇ。おかげで抜け出すのも楽だったんだ。でもかわいいでしょ」

「はいっ！　神々にも勝るとも劣らない超きゃわわなお姿でございますっ！」

もはや隠す気配もなく言い切ったシスティに、私はうんうんと頷いた。

ライゼンが、あーなるほどーこういう人かーと理解が及んだ顔をしている。

彼女は普段はキャリアウーマンなイケイケ女子だけど、かわいいものを前にすると途端にゆるゆるになるかわいい物好き乙女なのだ。

いやあ出会ったのがシスティで良かったよ。と思いつつ、彼女の発言を吟味する。

私が薬飲んで家出した事は、上層部では共有されている情報だと思っていたから想定内だ。だがレイノルズにいたのを知っているのなら、セルヴァと定期的に連絡を取っている事になる。だが私がここにいるとは思っていなかった。つまりシスティは勇者王を追ってきたわけじゃない。

ふむ……これは追及される前に情報を引き出すべきだな。

うっとりと私を見るシスティに向けて、腕を組んだ私は朗らかな笑みを浮かべた。

「さて、システィ。どうしてライゼンに暗殺なんてしかけたのかな？　うち、それなりの理由がないと許可してなかったはずだけど」

ぴきっと固まったシスティは、あからさまにうろたえ出した。

私の目がまったく笑っていない事に気がついたんだろう。

「えぇっと、そのう。勇者闘技で勇者の名を騙る不届きな輩がいると知りまして。イノリ様の偽物なんてなんたる恥知らずなと」

「つまり後先考えずに暗殺しに来たと？」

「ちょ、ちょっと脅すだけのつもりだったんです！　命の危機を覚えれば勇者の振りなんてやめて逃げると思いまして。もう私は暗殺者ではありませんので！」

私の声がとびきり低くなったのに、システィは慌てて言い募る。

「それにこの時期に現れる勇者王に似た人物なんて、勇者教の布石の可能性が高いですし。他の貴族に取られるくらいなら先に潰してしまおうと」

「つまり、セルヴァは勇者教をグランツの敵対組織と考えているのね」

うろうろと視線をさまよわせるシスティは、私の追及にぎくりとする。私限定でわかりやすくなる子で本当に良かった。

その反応で完全に確信できた。これは私に隠して進められていた事だと。

だって約ひと月前、私がグランツから家出する前に、システィはスイマリアとは真逆の国で諜報活動をしていると聞いていたのだ。

だから安心して私は行き先をスイマリアにした。彼女がスイマリアにいるのはおかしい。

システィは私の直轄だけど、独自に行動を起こす権限を持っている。

今回は私のためになると思って、セルヴァの指示に従ったんだろう。

私の指示がなければ行動できなかった十年前とは違い、もう私に隠し事ができるようになったのだな、と彼女の成長を感じたがそれはそれ。

「さてシスティ。洗いざらい吐いてもらおうか。このスイマリアで起きている事と、セルヴァ達がやろうとしている事、全部」

ついでにさっき「取られるくらいなら先に潰したかった」って言ったよね。それはつまり勇者闘技がそれだけ重要なキーワードになっているという事。

なにせ、銀髪美少女になっている事を明かしたのだ。その分の元は取らないとね。

私はさぞかし鬼のような顔になっているのだろう。

システィはぴるぴると小動物みたいに震えていたが、それでもライゼンを気にしている。

「グランツ国に、関わる事ですので。部外者に聞かせる事はできません」

そこだけは強固に主張する彼女の言葉は、当然と言えば当然だ。

こんなところも気が利くライゼンは、自分から言い出した。

「俺は外に出ている」

「さっさと出ていくが良い。ここまでの護衛ご苦労。後は私が引き受ける」

私に対する口調とは打って変わった冷然とした物言いもいつもの事だなあ。

しっしと犬猫のように追い払われても気分を害した風もなく、ライゼンは席を立とうとしたが、私が止めた。

「ライゼンも聞いてて」

「イノリ様!?」

愕然とするシスティに私はまっすぐ言った。

「勇者教が、瘴泥を集めてなにかしようとしているのはわかっている。それを知れたのはライゼンがいたおかげだ。彼が望むのなら聞く権利はある」

「ですがこのような、素性もわからない者を引き入れるのは！」

「ライゼンは大丈夫。少なくとも、勇者教に関しては完全に部外者だ」

「……貴様は、どうするんだ。今なら引き返せるぞ」

システィは射殺せんばかりに睨みながら訊ねたが、ライゼンは迷うそぶりを見せながらもしっかりと主張した。

「俺は祈里とこの件に、最後まで関わりたいと思う」

「ふん、傭兵にも多少の矜持はあったか」

実はライゼン、完全に厚意でついてきてもらっているお兄ちゃんなんだって言ったら絶対こじれるから黙っとこう。

「システィ、話してくれるよね」

「……イノリ様には、どうしても関わっていただきたくなかったのです」

システィはだいぶ葛藤していたが、最後には諦めてくれたらしい。

すごおく、すごおく拗ねた顔をしながらも、重い口を開く。

「勇者教の最終目標は、魔王を再召喚し、イノリ様を倒す事です」

ああそれは、ぜってえセルヴァは言わねえや。

ライゼンと一緒に息を呑みつつ、私はひどく納得していたのだった。

☆☆☆

システィ襲来の翌日。

貴族仕様のまったく揺れない馬車でたどり着いたのは、スイマリアの高級別荘街にある屋敷だ。

朝ご飯の後すぐにシスティ達の馬車が迎えに来て、あれよという間に連れてこられた。

システィと相談の上とはいえ、事情も知らない女将（おかみ）さんには申し訳ない事をしたなあ。

そして執事役のお兄さん（雷撃を食らわなかった人だった）に通された応接間では、女主人然としたシスティが待ち構えていた。

屋敷内はさりげないけれど、お金のかかっているのが一目でわかる。システィは選んでいるドレスの雰囲気とも相まって、お忍びで来ているけど格の高さを隠しきれてない貴族って感じかな。

この絶妙さ、いつもすごいと思うんだ。

「イノリ様、お待ち申し上げておりました。あいにくとこのような身分を演じているためお迎えに上がれなかった事をお許しください」

「別にかまわないし部下達が驚いてるからやめような。もしかしてシスティも剣闘士を囲う貴族をやってるの？」

「はい、その通りです」

私は苦笑しながら、異国調のドレスが汚れるのもかまわず自然に跪（ひざまず）いているシスティを立たせた。

わー、情報共有はされていたみたいだけど、後ろに控えている部下の人達が「本当にこのちっこいのが陛下……？」って顔になってるから。いたたまれねえしほどほどにしてくれな。

美少女だから見惚れられるのは慣れてきたけれども、改めて勇者王として見られると、まるで自分に似合わない服を着ている気分になって気まずいな？

脱げないから諦めような……。これ、グランツに帰ったら同じ反応されるだろうし。

私が若干虚ろな気分になっていると、システィがそわそわと椅子をすすめつつ問いかけてきた。

「ではイノリ様、長い話になりますのでお茶はどうでしょう？　お菓子もございますよ。このあたりは温泉の蒸気を利用した蒸しケーキが名物でしてね」

「なにそれ食べる！」

朝ご飯を食べていても甘いものは別腹です！

システィにすすめられるがまま私が座ったのは、ふかふかソファの上座だった。

そしてライゼンはあからさまに下座である。

にっこりと私の隣に陣取るのはシスティだ。

昨日は深夜で私も眠かったし、詳しい話は明日システィ達の本拠地で聞こうって話になったのだけど。まあ、ライゼンと同じベッドで眠ってるって事を知ったシスティが、またライゼンに食ってかかる一悶着はあったが。後ろ髪引かれつつ窓から帰っていったんだが。これは根に持ってるな。

システィは、どうにも私の事になると盲目的になるからなあ。

なんとか抑えなければ、と思いつつ私はシスティに言った。

「じゃあシスティ、昨日の続きよろしく。勇者教が魔王を召喚しようとしているってどういう事。一応は勇者を祀っているのに、なんでそうなったよ」

「勇者教の末端の信者達は、純粋に勇者王を崇拝しておりますし、勇者闘技の観戦者も単純に娯楽としています」

ほう、システィが認めるなんて別の意味でもやべえな勇者教。

だけど彼女の顔は全然笑っていなかった。

「ですがルーマ帝国の残党が隠れ蓑にしています。しかも魔王軍の幹部だった者が行動を共にしている可能性が高いのです」

「うせやろ」

私は反射的に突っ込んだ。

それだけ想像もしなかったあり得ない組み合わせだったからだ。

「魔王軍、だと……⁉」

「貴様の年齢では知るまい。一般市民には明かされていない事だからな」

ライゼンが呆然と呟くのに、システィが淡々と応じた。

「あの時代、魔物だけではなく一部の魔力が強い種族……エルフや獣人もまた瘴泥に呑まれた。大半は知性を失い暴走したが、知性を維持したまま瘴魔となった者達がいたのだ。彼らは迫害された末、魔王を奉じ自ら魔王に従ったのだ。我々は魔族と呼称していた」

「悪魔、とも呼ばれていたね」

むしろ、そう蔑視（べっし）される人のほうが多かった。魔王に操られた人なんていなくて、みんな居場所がなくて魔王に庇護（ひご）を求めた人だったのだ。

魔王が倒れた後は、みんな私が浄化してその一部はグランツ国で静かに暮らしている。

それが魔王グランツとの約束だったからだけど、中には行方不明になった者も少なくない。

魔王を倒した勇者になんか世話になりたくないってね。私は魔族の幹部だった人には憎悪のこもった眼差（まなざ）しで睨（にら）まれたものだ。

彼らの行方は気になってはいたけれども、なんでルーマ帝国につながるんだよ……って。もしや。

「敵の敵は味方理論で、ルーマの残党と手を組んだの？」

「その通りです。さらに魔王討伐時代に、甘い汁を吸（すす）っていた各国貴族や商人まで結託し、もう一度あの混沌（こんとん）の時代を取り戻すべく、救いようがない非生産的な活動を画策しているのです」

「十年経ってもまだ出てくるか。元気だねえ」

私はもはや笑うしかない。そんなに革命的な事した覚えがないんだけどなあ。

ただ居場所のない人達と一緒に、気楽に過ごせる場所を作っただけだったんだ。

とても悔しそうで口惜しげなシスティは、私の反応に戸惑（とまど）ったらしい。

「あの、イノリ様は良いのですか。お怒りにはならないので」

「まあねえ。執念深い人はいつまでも来るって知ってるからね。ちょっと疲れたとは思うけど、出てきたものはまた潰（つぶ）すだけよ」

「いえ、そうではなく」

システィが言いよどむのを、私は気づかなかったふりをして話を進める。

「で、十年前の失敗で学んだ彼らは、勇者を倒すためには同格のもの。魔王をぶつけないとだめだと考えたって事かな？」

そして隠れ蓑に、勇者教なんてご大層な名目を掲げたと言うところか。

「……その通りです」

システィはもの言いたげだったけれども口をつぐみ、私に答えるのを優先してくれた。

「今までの調査で、彼らは勇者召喚陣を応用し、天燈祭で集まる魔力と、勇者闘技を重ねる事によって練り上げた瘴泥で魔王を召喚するつもりです」

「もしかしてさ、それで一番多く瘴魔を倒せた剣闘士のスポンサーが魔王召喚後の利権を優先的に勝ち取れるとかだったりする？」

「ご明察ではありますが、なぜそれを」

システィは軽く驚いているが、ライゼンは思い至ったようだ。

「まさか、昨日のやたら熱心な勧誘はそれか」

「たぶんねえ」

ライゼンに応じた私は、システィに昨日やってきた使用人について簡単に話した。

ついでにヴェッサで締め上げた領主の話も教えておく。

「なるほど、それでスイマリアにいらしたのですね。もしや私達が裏で事を進めていたのにも感づいていらっしゃったのでしょうか！」

「いや、スイマリアは観光で選んだから完全に偶然」

「あ、はい」

すん、となったシスティだったが慣れたものだ。

「天燈祭の前日に、闘技場では大規模な勇者闘技を行います。勇者教への寄付者達は自らが送り込んだ剣闘士が、どれだけ瘴魔(しょうま)を倒すかで次代の優先権を競っているのです。私どもも、剣闘士を一人送り込みなんとか本戦儀式への参加権を得ました」

耐えられなくなったらしいライゼンが、感情を押し殺した声で言う。

「そいつらはいったいなにを考えているんだ。魔王がいなくなってやっと平和になったんだぞ」

システィは怒りに震えているライゼンにわずかに目を見張り、ぞんざいに肩をすくめた。

「馬鹿の考える事など私達には分からん。より自分達にとって好ましい環境を作るその一点に注力して、そのあとの事を考えなかった結果だ」

「まあ、勇者と魔王は、本来なら相打ちにならなきゃいけないもんみたいだからね。ルーマにしてみたら、元に戻そうとしてなにが悪い！　って気分なのかもしれないけど」

「そう、なのか」

呆然(ぼうぜん)とするライゼンに、私は曖昧(あいまい)に笑って見せてやる。

いやあ、召喚と一緒に伝わってた裏伝説？　って感じのやつに載ってたんだ。

天秤がバランスを取るみたいに、勇者と魔王は同格の存在として現れて、共に消滅する運命なんだってさ。

なのに、なんでか私は勇者の力もそのままに生きているんだ。

「私はイノリ様が魔王城より生還された事を心より喜んでおります！　グランツ国民全員が同じ思いです！」

「ありがとうシスティ。私も生きていたかったからね」

とはいえあてが外れた連中がそれなりにいるのはわかっていたし。この十年、そういう奴らが色んな形でグランツや私にちょっかいを出してきた。

そんでもって私達はそいつらを全部返り討ちにして生き残ってきたのだ。

「さあ、こんな民衆にはた迷惑なやつ、しっかり念入りに潰さないとね。んで、セルヴァは後で締め上げる」

「えっ」

「だって、絶対事後承諾で私を関わらせないでおくつもりだったでしょ」

私がねめつけると、システィは後ろめたそうにした。

「万が一の時に備えてアルメリア様にいらしていただく予定で……いや、でもイノリ様に関わらせるわけには」

「関わらせなかったら勝手にやるぞ。具体的には勇者教に殴り込みをかける」

「ぜひ手を貸していただけましたら」

アルメリアまで関わっていたか。と思っていると、素直になったシスティが眉尻を下げた。

「実は、剣闘士を出すだけではその後にある魔王の召喚の儀式には参加できないんです。入るにはもうひとつ条件が必要で」

「条件って」

「魔王の依り代となる幼子の準備です」

思わず真顔になった私に、システィは努めて淡々と続けた。

「勇者教の説明では、安全装置として力を幼子に付与させる事で魔王に命令を聞かせるとの事でした。ですが適合するかは執行してみなければわからないため、多くの予備を必要としているのです。ですが……」

最近、少年少女誘拐がやたらと流行っていると旅を始めたばかりの頃聞いていたが、それが理由かと納得していると、システィはぎ、と拳を握り締めて言い募った。

「たとえ必要だろうと、なにも知らない子供を、私達の都合で巻き込む事だけはできません」

システィは物心つかない頃に暗殺組織に誘拐され、善悪の判断がつかないうちに暗殺の技術を学ばされていた。だから子供を巻き込むのをなにより厭う。

そうやって守ってくれる人で良かったよ。

「どんな条件だったんだ」

ライゼンが聞くと、システィは渋面になりながら条件を挙げていく。

「かなり、シビアではある。年は八歳以上十二歳以下、見目麗しく魔力の保有量が多い者」

「それなんてロリコン」

私は思わず突っ込んだが、システィは大まじめだ。

「魔法適性が定まる年齢で、なおかつ洗脳魔法が効きやすい幼子であると考えれば妥当でしょう。とはいえ誰かの趣味が入っている説が濃厚ですが」

やっぱりロリコンじゃねえか。にしてもそんな条件なら、余計に子供を巻き込みたくはないよね。わかる。ならば。

「さらに銀髪碧眼だとなお良し、でし、て……」

言いかけたシスティの視線が私に注がれた。

その表情が段々と余計な事を言ったという表情に変わっていく事で、自分があくどい顔になっているのがわかる。

「なあんだ。いるじゃない。最適な美少女が」

「い、いえいえですがイノリ様危険すぎます！」

ははーんなるほど、昨日の家令は私達が鴨がネギをしょってきたように思えたんだな。

そりゃあ天燈祭の本番前で切羽詰まっている中、破竹の勢いで勝利を重ねる有望な剣闘士に、依り代候補として絶好の妹までついてきたんだもん。そりゃあ必死にもなるわ。

「なに言ってんの。そうやって子供を集めてるって事は、その子達も保護する必要があるでしょうが。外部はあんた達がいるから大丈夫だけど、内部にも切り札があったほうが安心だ」

「それは、そうですが」

「いざというとき浄化ができる私はこれ以上ないほど適役だろう？」

「……わかり、ました」

おろおろと視線をさまよわせるシスティに圧力をかけると、彼女はがっくりと肩を落とした。素直でよろしい。

「で、段取りとしては」

「依り代に関しては、勇者教会本部へつなぎを付けて、簡単な適性検査を受ける事になるはずです。そして天燈祭前日の真夜中、最後の儀式の際に、各自集合させる事となります」

「魔王召喚の場所に見当はついてる？」

「いえ、まだ。ただ闘技場内部は昼夜問わず警備が厳重です。うかつに侵入して奴らに逃げられる事を考慮して探りを入れてはおりませんが……なにかはあるものと思っております」

「いいさ、儀式場に潜り込めれば、一網打尽にできるんだから」

力不足を嘆くシスティを慰めていると、今まで黙っていたライゼンが声を上げた。

「俺を代表の剣闘士にしてくれないか」

システィの周囲に極寒の殺気が噴き出した。部屋の中に待機していた使用人も思わず身構えるほどの怒気だ。紫の瞳がライゼンの碧を射貫く。

「貴様、うぬぼれたか」

「勇者王に随行したあなたより自分が強いとは思わない。だが俺のほうが都合が良いと提案したい」

システィの殺気を一身に浴びてもライゼンは一歩も引かず、平静にかつ熱心に訴えた。

「勇者教はそれなりの規模がある組織だ。あなた達の仲間が何人かは知らないが、貴重な戦力はなるべく指示が届きやすい場所にいたほうが良いと思う。さらに俺は瘴魔を引きつけやすい。もし瘴魔が出ればおとりになれるし、万が一の時に見捨てても惜しくないだろう」

ライゼンが自分からそれを言い出した事に驚いた私だが、黙って成り行きを見守った。

確かにシスティ達の強みは組織だった行動力だ。一人でも指揮が行き届く位置に置いておいたほうが良くはある。さらにライゼンは勇者教にとっても無視できないほど名を揚げている。陽動としても充分期待できるはずだ。

試しに私も確認してみた。

「システィ、増援は」

「……ここは他国ですから、一軍の投入は確実な介入理由を掴んでからだったのです」

それでもやり抜くという自信を滲ませながらも、システィは考える風でライゼンを見た。

「貴様がそこまで言う理由は何だ」

「俺は、魔王復活をなにがなんでも止めたい」

ライゼンの静かな声が、室内に染み渡る。

不思議な迫力のあるそれに、システィはほんの少し息を呑んだが、ぐっと眉間に皺を寄せ直す。

「……ふん、後悔しても遅いからな」

皮肉げに顔をゆがめたシスティの言葉は、遠回しの承諾だ。

ライゼンがほっとする中、扉をノックする音が響く。

「入れ」

そして入ってきた執事くん（私が雷撃でぶっ倒した人だった）が持ってきたのは、ティーワゴンに色とりどりのお菓子と新しいお茶だ。執事くんはそのまま無駄のない所作で、ティーポットを入れ替え、美しく盛り付けられたお菓子をテーブルに置く。

すると、システィがきらんっと紫の瞳を輝かせて私を振り返った。

「さあ、イノリ様！　どれから召し上がりますか？」

「をいシスティ私アラフォー」

「美少女の怒り顔……おいしい！」

私が呆れた半眼を向けても、システィはそれすらも嬉しそうだ。

ライゼンが珍妙な顔になっているから。クールビューティーがひどい事になってるから。

「だって大好きなイノリ様がこんなかわいくなってるんですよ!?　そしたら思いっきりかわいがって愛で……お世話しなければなりません！」

「いや欲望ダダ漏れてるから」

「かわいいは正義です」

確かにそこは同意だが、きりっと言っても意味ねえぞ。

でれでれになっていたシスティだったが、仕事も忘れず執事くんに指示した。

「この傭兵が剣闘士として足るか確かめろ。足りなければ仕込め」

「……それは剣闘士として、でしょうか。剣闘士役は、長官の護衛も務めておりましたが」

「それも含めてすべてだ。使えなかったら切って良い。その後、作戦を詰めるぞ」

「了解しました」

「貴様も良いな」

嫌とは言わせないと無言の圧力をかけるシスティに、ライゼンはひるまず頷く。

私はその念押しにちょっと首をかしげる。

「実力はわかっているだろうに」

あの暗闘でシスティの一打をかわした上で、二人相手に攻撃をさばいていたんだから。

けれどシスティは、真顔で言った。

「今回の私達は気位の高い伯爵家を演じていますから、剣闘士として随行する者にもそれなりの教養が必要です。ついでにイノリ様のそばに侍らせるに足る人物か見極めましょう」

あ、システィ断固として譲らねえつもりだ。

さすがにどうかと思って釘を刺そうとしたのだが、その前に立ち上がったライゼンが執事役の人に頭を下げていた。

「よろしくお願いします」

「ではこちらに」

「え、良いのライゼン」

私が思わず引き止めても、彼は当たり前のように頷く。

「必要な事なら教えを請うのは当然だ。傭兵ならよくある」

「その意気や良し！　では逝ってこい傭兵！」

まてシスティ、行くの表現違わなかったか。

しかし口を挟む間もなくライゼンは執事くんに連れられて退出してしまう。

見送った私は、システィのすがすがしいまでの笑顔と遭遇した。

「イノリ様、この後は仕立屋を呼んでおりますので、お召し物を選びましょう」

「え、別にこのままでも」

「ようやく見つけて贅沢な服や食べ物で言う事を聞かせている少女、という設定でまいります。かわいい衣装を着ていただかなければなりません」

「それ今理屈つけただろ」

「ささ、それまでイノリ様、お菓子を楽しみましょう？　お部屋もかわいいものをご用意しております。……――私がいない間に行方不明になられた分、お時間を過ごさせてくださいませ」

システィのにっこり笑う表情の中に安堵を見て取った私は、ばりばりと頭を掻いた。

心配をかけていたんだなと気づいてしまうと、なんとなく強くも言えなくて。

ライゼンも気になるけれども、あいつも立派な成人だし。

まったくもうしょうがねえな。

「さあ、イノリ様、あーん」

「菓子は食べるけどそれは却下」

諦めた私は、華麗に私の言い分をスルーするシスティから、フォークを奪い取ってやった。

その四　嵐の前の静けさです。

拠点をシスティの屋敷に移してから、そこそこせわしなかった。

だって綺麗に今の姿をばらしちゃったし、システィが拠点としてるんならありますよね。

通・信・設・備。

といっても文章だけ、電報程度の情報量と制限があるけど、この世界のものとしてはめちゃめちゃ速いんだ。

ただ淡々とした文面の中から滲み出す、セルヴァの怒りの波動に顔が引きつったよね。

しょうがないから、システィチョイスのフリフリ服を着つつ、超儚げ美少女顔と、変顔バージョンの写真を別便で送ってやったぜ。

……え、ふざけてないよ？　だって欲しいって言ってきたのセルヴァだし。

まあでも来ちゃったものはしょうがないと、ごまかせるぎりぎりの援軍を送ってくれる事になった。だけど到着するのは天燈祭当日間際になる。

そんな感じで、現状の戦力でなんとかするために、ライゼンには連携を取るという名目で突貫の訓練が行われる事になった。その合間に勇者闘技で組まれた対戦をこなすため、一番部外者であるはずの彼がくそ忙しい事になっているのだ。

私はと言えば、どこから時間を捻り出しているのかわからないシスティに、服だ観光だと連れ回されている。

「まあなんだかんだでうちの子だよなシスティも。使えるものはなんでも使う」

街中の観光地に連れ回されたのは、少しでも瘴泥の貯蔵場所を見つけるためだ。

それはそれとしてシスティ、私を着飾らせる事をめちゃんこ楽しんでいたからな……？

というわけで、私は精神的に疲れた気分を屋敷の温泉で癒やした。

個人的に湯を引いてくれているおかげで、いつでも入れるのが贅沢だ。

私は風呂上がりにのんびりしようと東屋に涼みにいったのだが、そこにライゼンがいた。

疲労困憊の様子で、石造りの長椅子に丸くなってすーすー寝息を立てている。その姿は年齢よりも幼くてかなりかわいく見えた。

たぶん午後の訓練が終わって、夜戦訓練に入る前の小休止といったところだろう。

いつも寝てるのは夜だったから、なんだかんだ明るい所で寝顔を見るのは珍しい。

起こさないようにするつもりだったのだが、ライゼンはぎゅっと眉を寄せた後まぶたを開いた。

あどけない表情に和んでいると、彼のぼんやりとした緑の瞳が私を捉えた。途端、驚いた顔になる。

「祈里か」

「そーだよ。起こして悪かったね。どうかした？」

「……いや、その、服が」

ライゼンの戸惑いがちの言葉に私はちょっとひるんだが、やけくそで胸を張ってみせる。

フリルたっぷりの服がひらっと舞った。

今の私は紺色の布地に赤色のリボンで飾られた、フリルたっぷりのワンピースを着ている。甘くてふんわりとしたかわいいデザインはシスティの趣味だ。

まあ？　今の私、銀髪碧眼美少女だからこういう服はめちゃくちゃ似合うのだが、さすがにここまで来ると中身アラフォーなので。こう、その……小恥ずかしくはある。

「ど、どうだかわいいだろう」

だがそんな事を素直に言うともっと恥ずかしいから、にひ、と笑ってみせると、ライゼンはまぶしそうに目を細めた。その耳は赤らんでいる。

「ああ、似合っている」

う、まさか真に受けられるとは。いやそうだよな。美少女だしな⁉

するとライゼンが意外そうに、だけど少し楽しげに口角を上げた。

「……そうやって君が照れる時もあるんだな」

「うるさいやい。自分の趣味じゃないし、お洒落するのも久々なんだよ」

褒められるとこそばゆさが増すんだよ。ちくせう。

私は自分の気持ちを持て余しつつも、寝ているライゼンの隣に座った。彼が反射的に起き上がろうとするのを止める。

「まだ寝てれば。疲れが取れた顔じゃないよ」

「いや。だが」

「時間教えてくれれば目覚まし係を担当してあげるさ。どうせこの後、めちゃくちゃしごかれるんでしょ」

システィ、ライゼンのこと目の敵にしてるからな。方々への指示を終えたら絶対来るぞ。

そう言うと、ライゼンは素直に頭を戻した。

「膝枕はいる？」

「君が時々よくわからない」

遠回しに拒否しつつも、逃げてはいかないみたいだ。ライゼンは再び横になると目をつぶる。

どこでも眠れる癖がついているのだろう。たちまち寝息が聞こえてきた。

私は彼の黒髪を、ちょいちょいとよけてやる。その横顔はあどけない。

昔、グランツにもこういう事したんだよな。グランツはもう少し小さかったけど。

「どうしようかなぁ」

私はぽそりと呟きつつ、システィの足音が響いてくるまで、そのままでいたのだ。

☆　☆　☆

そして天燈祭前日の深夜。

私とシスティは馬車に乗って、オルター野外劇場に向かっていた。

勇者教会本部での審査に通った私は無事儀式への参加権利を勝ち取り、魔王召喚の儀式の場へ招待されたのだ。

のだが、その儀式の日取りが予想に反して祭り本番前日で、こっちの増援はぎりぎりになるようだ。今いる人員でなんとかする事になるが、まあ大丈夫だろう。こういう時のために打ち合わせは山ほどした。

外にはライゼンを含む複数の護衛役が同伴している。

私がぼんやり窓の外を眺めていると、お忍びの装いをしているシスティが話しかけてきた。

「イノリ様、ライゼンとは何者なのですか」

視線をやると、思い詰めた表情の彼女が続ける。

「あなた様のご慧眼通り、彼はそれなりに使える人間でした。非常に気に食わないですが、まさかここまでマシになるとは思いませんでした。イノリ様のお名前を正確に呼べるグランツ以来の人物みたいですし」

仕事に対して一切の妥協を許さないシスティが「使える」と称するのは最高の褒め言葉だ。しかも気に食わないと、前置きまでした上でだ。

「だろう、ライゼンは私のお兄ちゃんを完璧にやってくれた人だからね」

「う、わ、私だって、負けないくらいお姉ちゃんできますよ⁉」

「いや張り合わなくていいから」

悔しそうにするシスティだったけど、ひとまず置いて話を進めてくれるらしい。

「と、ともかく。できすぎるんです、なんでも。まるで一度経験した事があるみたいに。あの年齢にしては落ち着きすぎていますし、技術も習熟しすぎています」

「まあ傭兵なんて何でも屋だから、色々習って器用になったのかもしれないよ」

「旧ルーマ帝国の騎士作法を知っていても、ですか」

不安を吹き飛ばしてやろうと明るく言ったのだが、システィは私が思っていた以上に深刻にとらえているらしい。

「確かにルーマ帝国の作法は簡略化されて、グランツをはじめとする各地域で採用されております。ですが作法を完璧にできる一介の傭兵が、偶然ここにいるという事が不気味なんです」

「旧ルーマ帝国の手先なんじゃないかって思うんだね」

私が言葉を引き取ると、システィは明らかに覚悟のこもったまなざしでかしこまった。

「イノリ様、どうかこの場でご用命を。ライゼンを抹殺せよと」

彼女なりに考え抜いた末の結論なのだろう。

怪しき者は排除する、が諜報部長であるシスティの行動規範だ。迅速に判断しなければ生き抜いていけない状況だというのもわかる。だけどなあ。

「それを言うなら、偶然私がここに居合わせた事も脈絡がないと思わない？」

「いえ。私はイノリ様がここにたどり着いた事で、今回の魔王復活がまことであると確信いたしました。勇者と魔王は必ず巡り会うもの。そう因果律に規定されていると聖女様がおっしゃられていましたから」

「こうして振り返ると、否定できないよなあ」

私がうっかり美少女になって休暇旅行を決めたのも思いつきだし、さらにスイマリアを目的地に選んだのも偶然だ。それがこんな事につながるとは思ってもみなかったわけで。

システィの不安もまあ、理解できるんだ。はたから見ていれば、ライゼンだけこの事態に関わる理由がないし、こちらを妨害するのにこれ以上ないほど都合が良い人間でもある。

目の前に座る彼女に向き直った私は、聞いてみた。

「ねえ、システィ。あんたから見てライゼンの印象はどう？」

「私が、私情を挟んでいると考えていらっしゃいますか」

「ちがうよ。純粋に気になるの」

面食らっていたシスティだったが、言葉を探すようにぎゅっと眉を寄せる。

「ものすごく、気に食いません。イノリ様のそばに今までいたというのもそうですし、あれだけの才能を持っていながら、まったく出世に意欲がないのももどかしい。あやつはグランツへの士官をちらつかせても、まったくなびかなかったんですよ」

をい私に隠れてそんな事してやがったのかよ。

けれどシスティはこれを言って良いのか迷うように黙り込んでいたが、結局、口を開いた。

「でも、ただ。とても、懐かしい気がするのです」

どうしてこんな事を思うのかわからないらしく心細げな彼女に、私は苦笑してみせる。

困ったなあ。ほんと困った。

私にもどう説明したら良いかわからないし、状況証拠しかないからシスティを納得させられるだけの事実を出す事もできない。

ただ一つ言えるのは。

「この事件に関しては、ライゼンは裏切らないよ。魔王の復活は絶対阻止する」

「私は、そこも懸念しておりました」

システィは困惑を示すように、複雑な表情を浮かべている。

「もし魔王が復活するのであれば、グランツが戻ってくるという事です。だからみな、あなた様を関わらせたくなかった部分もあるんです」

「やっぱりか。心配性だなあもう」

うすうす気づいていたとはいえ苦笑した私は、馬車の床につかない足を揺らめかせた。

システィが言う「グランツ」は、一時期私達の仲間だった少年の……いや、魔王の名前だ。

犠牲者でしかなかった彼がいた痕跡をどこかに残したいと、国の名前にしたんだけども。

だから仲間達にも、多かれ少なかれグランツとの思い出がある。

「確かシスティは、グランツの事、弟みたいにかまっていたよね」

「あ、あの子はあの子でうさんくさすぎましたけど、それを上回る天然でしたからね。何か教え込まないと生きていけないと思ったんです。実際教えがいありましたし」

「私が戻ってきた時、泣いてたねえ」

「……イノリ様ほどではありません」

システィはもどかしそうに、言葉を継いだ。

「イノリ様はそれでいいんですか」

「あいつだったら会いたいよ。でも今回の召喚陣ではされてほしくないし。あいつはこんな事じゃ召喚されない」

紫の瞳をまん丸にして息を呑む彼女を、私はまっすぐ見た。

「だから私はやるんだよ。ライゼンも最後まで付き合ってくれるからね」

そう締めくくれば、システィは困惑も露わに眉を顰めて聞いてきた。

「イノリ様にとって、あやつはなんなんですか」

「コレが全部終わったら、一発殴らせてもらえないか聞きたい人かな」

ぽかんとする彼女に曖昧に笑っていると、馬車が停まる。目的地である闘技場に着いたのだ。

すぐに外から馬車の扉が開けられた。

「グラエル様、到着いたしました」

システィの偽名を呼んだライゼンが、かしこまった様子で丁寧に頭を下げている。

無事剣闘士の権利を勝ち取った彼は、今は騎士風の制服を着ていた。元の体格が良いのもあってずいぶん見栄えする。

すぐに貴族の仮面をかぶったシスティが慇懃に応じて、貴族らしくライゼンの手を借りて降りた。

彼女の着ているたっぷりとしたドレスが華麗に揺れる。

嫌そうな顔一つ見せないのはさすがシスティ、プロだぜ。

私も降りようとすると、ライゼンが手を差し出した。私とライゼンの設定から考えればおかしくない。だから手を取って、だけどこっそり茶化してやった。

「ありがとライゼン。騎士みたいだ」

「祈里、あまりからかうな」

暗がりでもライゼンがわずかに顔を赤らめるのがわかる。

うむん、やっぱりからかいがいがあってかわいい。ただ。

「ライゼンは、名前呼べるんだよね」

ぽそり、と呟いた言葉は彼には聞こえなかったようだ。

私の名前はこの世界の人には発音しづらいらしい。言わば音のプロであるアンソルスランみたいな野郎は別として、私が教えてちゃんと発音できたのはグランツだけだったんだよなあ。

「どうかしたか」

「いいや？　さて、じゃあ後始末にいこうか」

「ああ」

ライゼンにそう返した私は、ぴょんっと馬車を降りたのだった。

その五　敵地に乗り込もう。

静まりかえった闘技場の裏口に行けば、仮面をかぶった人間がたむろしていた。

今夜の特別な儀式を守るための警備員だろう。

私達が近づくと、彼らは当然のように武器を構える。

だがちょうど風が吹き、かぶっていたヴェールが翻り私の顔が露わになると、警備員達が仮面の内側で息を呑んだ。ふふ、そうじゃろそうじゃろ。

見ているものが信じられないとでも言いたげなそれ、よくわかるわあ。

私が今着ているのは、真っ白なワンピースドレスだ。

胸下できゅっと絞られたスカートは薄く柔らかな布が花びらのように重ねられ、夏らしく腕が透けるほど薄いレースの袖は涼しげである。さらに真っ白いレースのヴェールが髪を彩り、足下はショートブーツで飾られていた。

流したままの銀の髪に彩られるこの姿を鏡で見た時は、ガチ天使かと思ったもん。

間に合わせで悔しいと言っていたシスティも鼻血噴きかけてたし、ライゼンも固まっていたくらいだからな。

こなれてきた美少女ムーブのおかげで美少女ぶりは折り紙付きだ、えっへん。

システィのお供をしていた使用人工作員が、警備員に話しかける。

「スティート・グラエル女伯爵様だ。今宵の宴に参加される。この少女が通行手形でいいな」

「ええ、どうぞお入りください」

あ、その声は一度勇者教会本部に面通しに行った時に聞いたぞ。勇者教の神官だ。

なるほどなあ。参加資格がなければここで追い返す仕様か。

とはいえちょっとがばがばだなあと感じつつ、中へ踏み込んだのだが。

「……？」

私はなんとなく足下に違和を覚えた。なんだか、泥の中に足を突っ込んだような。

けれども、そこは土足で踏むのをためらうような豪奢な絨毯が敷かれているだけだ。

ライゼンに不思議そうにされたが、私は大丈夫、と目で返して先に進む。

通路の先は、異様に豪華な内装になっていた。

それこそ貴族の迎賓館レベルだ。天井からはシャンデリアがぶら下がり、広々とした室内には金で装飾された調度品や、贅沢な絵画が飾られている。華美なそこはいわゆる特別ラウンジと言うやつだろう。

控えめながら生演奏までやってるってどんなサロンだよ。

こんな興行やっているのもそうだけど到底新興の宗教団体が運営する場所とは思えない。

ありていに言うんなら、贅沢に慣れた貴族向けの部屋だ。

そして、それに負けないくらい贅沢な服装をした貴族達がくつろいでいた。

彼らのそばには屈強だったり、鋭い殺気をまとったりしている剣闘士が目を光らせている。

さらに思い思いに着飾られた、人形みたいに美しい少年少女がたたずんでいた。

私達が入ってきた途端、視線が私に集まる。欲望と羨望と嫉妬が入り交じったそれは、自分が用意した子供と比べているんだろう。

システィに連れられた私とライゼンは、ゆっくりと用意された席まで歩きつつ、素早く視線を巡らせる。

他の参加者達の子供はかわいい子ばかりだが、銀髪じゃなかったり、ひどくおびえていたり、具合が悪そうに座っている子もいた。……あれは、魔法薬で無理やり適性を上げているな。

使用人の振りをしている工作員が、ひっそりとシスティにささやく。

「確認しました。子供の数は二十三人。出席者とも数が合います」

「教祖と瘴魔(しょうま)を確認したら一斉に浄化を始めて、子供達の確保。ここは他国だ、あくまで最低限で行く。ただ参加者の顔と名前はなにがなんでも覚えとけよ」

「セルヴァ様にも厳命されておりますれば」

システィの頼もしい返事に思わず微笑(ほほえ)む。

さすがうちの宰相。わかっていたか。ここにいるのはみんな権力をもった人種だ。弱みを握って手駒にするほうが便利だ。

私が不安そうにあたりを見回す振りして子供の顔を目に焼き付けていると、神官が声を上げた。

「これより神の子候補は儀式のために一度別室にご案内いたします。どうぞこちらへ」

その言葉に、子供達はそれぞれの主人に促(うなが)されて神官のもとへ歩く。

だけど神官が私を見おろして珍妙な顔になった。

「グラエル伯爵様、どうぞこちらに神の子候補の引き渡しをお願いできますか」

丁寧な申し出に、私に注目が集まる。

神官が困惑しているのは、私がライゼンにひっついているせいだ。

実はずっとこの状態で歩いてたんだよね。

正確には、ライゼンの腰に下げられている剣にひっついて浄化の魔力を蓄積させているんだけど。

システィが優雅に眉宇(びう)を顰(ひそ)めた。

「この子、兄が心配で離れないんですのよ。……さあ、あなたにも大事な役目がありますからね。この方についてゆくのですよ」

「……はあい」

見事だシスティ、完全に平民の兄妹を口八丁で騙(だま)して従わせている悪い貴族だぞ。

剣にこれ以上浄化の魔力を入れ込むと発光してきちゃうだろうし。潮時(しおどき)だな。

私は、せいぜいお兄ちゃんと離れるのが不安で仕方がない十歳児の顔でライゼンを見上げた。

「お兄ちゃん……」

「なんだ」

私が言いたい事があると気がついたライゼンがかがんだところで、その首に腕を絡めて引き寄せる。まあ、さみしくてぎゅっと抱きついているように見えるだろ（適当）。

神官やシスティ達が驚いた顔をするのもかまわず、腕の中で固まるライゼンの耳に唇を寄せた。

「逸(はや)るなよ、ライゼン」

「わかっている。魔王は絶対に出現させない」

同じ緑の視線が絡んだ。

こうして間近で見てみても、ライゼンに変わったところはどこにもない。

黒髪に、緑の瞳の精悍(せいかん)な面立(おもだ)ちをした青年だ。

ただ冴えた眼差しは真摯で、なんとしてでも成し遂げるという強い意志を感じさせた。

それが、わずかに崩れる。

「君は、結局俺に理由を聞かなかったな」

なにが、とは言われずとも察せられた。

ライゼンの泰然としたたたずまいが、年相応の青年のものに戻る。

私も、なにを言ったら良いかわからなかったけど。

「だって、まだ旅は終わってないんだよ。お兄ちゃん」

色んな想いを込めた言葉に、彼は目を見開くとくしゃりと顔をゆがめた。

「……全部終わったら」

「さあ、そろそろゆきなさい」

ライゼンが何か言いかけたが、若干青筋を浮かせて見せるシスティに促される。

気になったが離れた私は他の子供達と共に、神官達へついていった。けれど、ふと疑問に思う。

そういえば、なぜ子供だけ先に移動させるのだろう。

おびえる子供達と一緒に連れてこられたのは、闘技場の観客席の最上階付近に設けられている祭壇だった。いやもちろん空気読んで私もふええ怖いってしてましたよ。

試合中に見た時にあった天幕は完全に取り払われ、眼下に列柱が並ぶ試合会場が見渡せる。

祭壇は儀式をやる事も考えられているせいだろう。

子供と護衛役を合わせて三十人ほどいてもまだ余裕がある広々とした空間が広がっており、その床にも壁にもびっしりと魔法陣が描かれていた。

「エゼルヴァルア様、子供達を連れて参りました」

「ありがとう、ご苦労様でした」

そして、神官に名前を呼ばれた人物に私は目を見開く。

本部に行った時には出会えなかった教祖は、二十代後半の女性だった。

魔王の象徴でもあった銀色を意識しているのだろう、白みがかった灰色の衣に包まれた肢体は肉感的な上、肌は夜に沈むような褐色だ。結い上げた銀の髪が、魔法灯に照らされ磨いた鉄のような光沢を放つ。

そしてなにより、その褐色の耳はつんと長く尖っていた。

彼女はダークエルフだったのだ。

ダークエルフは瘴泥に呑まれてもなお生き延びたエルフが祖先だ。

無理解から迫害され続け、瘴泥の近くを住み処としていた彼らは、自分達が生き延びるために魔王軍に加わっていた過去がある。

一部はグランツ国の民になったのだが、魔王を打ち倒した私を憎んで去っていった者達もいた。

その人達は。

「悪魔……？」

子供の一人がびっくりしたように呟いた後、しまったと口を押さえる。

悪魔というのは差別用語として認識されているのだ。一緒にいた神官達がとがめようとしたが、エゼルヴァルアはそれを制した。

そして子供のそばに膝をついたのだ。

めっちゃ汚れが目立ちそうな服が汚れるのもかまわずに、である。

予想外の行動に私が密かに驚いていると、エゼルヴァルアは柔らかく笑んだ。

「大丈夫です。あなた達の安全は脅かされません」

子供が見惚れる中、立ち上がったエゼルヴァルアはふと私に視線を向けて目を見開く。

「ああ、あの方の色彩ですね。まさかこのような所で本当に出会えるとは」

切なげに、懐かしそうに私の髪を撫でるエゼルヴァルアに面食らった。

なにせ魔王城で彼女の憎悪をぶつけられた過去があるもんで。

彼女、エゼルヴァルアは、かつて魔王城で敵対した、魔王の右腕だった人物だ。

魔王軍を率いていた人物の一人で、最後まで魔王を守ろうと抵抗していた。

その憎悪の表情を知っているもんだから、こう優しい顔をされるとものすごーく居心地が悪い。

というか、どういう態度を取って良いかわからないんだ。

それに、この気配は……

「いったいどういう事だこれは、トント神官長!?」

エゼルヴァルアが再び子供に話しかけようとするが、下から響く苛立ちの声に意識が取られる。

眼下の試合会場には、先ほど別れた参加者達がぞろぞろと現れていた。

どうやら貴族達が連れてきていた護衛も一緒に入ったらしく、それなりの人数になっている。

私はその中に、システィ達とライゼンの姿を見つけた。

困惑している体を装っているけど、油断なくまわりをうかがっている。

だが私は猛烈に嫌な予感がし始めていた。

だって、だってだよ。

あの試合会場にあったのは瘴魔を吸収する魔法陣で。そこで増幅させた瘴泥を吸収していたわけで。

「魔王の召喚に立ち会えると聞いてきたのだぞ！　このような場所に押し込めてどういうつもりだ!!」

怒りに声を荒らげる貴族に応じて、トント神官長が拡声器を使って声を張り上げた。

「もちろん、これより魔王の召喚の儀を始めるため、最後の勇者闘技を行います！」

ざわざわとする声が、試合会場へ続く通路の門が閉まる凄まじい音にかき消される。

同時に神官達が杖を振りかざし、舞台と祭壇を区切って結界が張られた。

激しく動揺する観客達がわめくのも耳に入っていないように、トント神官長は蕩々と語る。

「今まで集めてきた瘴泥を元に、より強力な瘴魔を生み出しました。最後の贄は今まで勝ち残ってきた剣闘士の皆様、そして様々な欲望と怨念をまとった皆様でございます！　今宵、瘴泥はより昇華され、霊脈を食い潰す事でしょう。そして街が瘴泥に呑まれた時、魔王様は復活するのです！　……――さあ、瘴魔を搬出せよ！」

悦に入った神官長の声に、自分こそが贄だったと気がついた列席者が、悲鳴を上げて逃げ惑った。

だが舞台の一部がなくなり、せり上がりと共におびただしい数の瘴魔が現れる。

大きさも種類もばらばらだけど、皆一様に濃密な瘴泥をまとっていた。

さらに観客席に陣取っていた神官達が何かを投げ入れた途端、どっと瘴泥が広がる。

「さあ、我らの勇者誕生のための魔王復活に！　抵抗してくださいませ！」

その声に触発されるように、瘴魔が一斉に列席者へ襲い掛かった。

瘴泥で本来の姿がわからないものが多いが、目につくだけで大鹿、イノシシ、熊、虎、よくぞ持ち込んだというワイバーンまでいる。

私は思わず祭壇の縁に駆け寄ったが、縁に手をかける寸前ごちんと透明な壁に頭をぶつけた。

「いっ……!!」

思いっきり飛び下りるつもりだったから、死ぬほど痛い。

声も出ないほどもだえていると、ふわりと鉄色の髪が視界に映った。

「なにをしているのですか。結界は強固とはいえ、内側へいなさい。あなたにはなにも心配はありませんから」

一瞬頭に血が上っていたが、ごちんとしたおかげで状況を把握する余裕が生まれる。壊れたテレビでもあるまいし、こんな叩いて治る方式採用したくなかったけど！

よくよく見れば、勇者教の神官と護衛官はみな結界内にいる。

私は眼下で戦闘……いや虐殺が繰り広げられようとしているにもかかわらず、平然としたエゼルヴァルアを睨み上げた。

「魔王を召喚する瘴泥を集めるために、みんなを殺すの」

それでも完全に平静ではいられず、半ば美少女ムーブを脱ぎ捨てた私に、彼女は軽く驚いたように目を見開く。

「その子供は、兄が剣闘士だそうで……」

「なるほど」

他の子供を奥に避難させていた神官に補足説明されたエゼルヴァルアは、哀れみのこもった表情になった。

「その通りです。あれほどの瘴魔で、あれほどの業深き者と強者を呑み込めば、スイマリアすべての住民と天燈祭の魔力を瘴泥で染め上げられるでしょう。それだけあれば、魔王様の召喚も必ず成功する」

どうも瘴泥の気配が薄い、と思っていたがより強い瘴魔に吸収させ続けていたのが理由だろう。

それを結界内に封じ込めていたのであれば、感じにくかったのも頷ける。

閉じ込めていたのは、この地下だろうか。

この世界の祭りは本当に神を降ろし、大地や人々に神の加護を満たすものだ。

祭りを明日に控えた今は、膨大な魔力がこの地にたゆたっている。

神様ですら呼び寄せられるそれをすべて注ぎ込めば、魔王だって召喚できるかもしれない。

どれだけの膨大な計算と大量の準備を費やしたか、それだけで察する事ができた。

神官達は、混乱しておびえる子供を魔法で眠らせて運び始める。

私は彼らが来る前に、エゼルヴァルアをさらに詰問した。

「子供達はいったいなんのために集めたの」

私が完全に子供の口調をかなぐり捨てているせいだろう、彼女は少し違和を持ったようだが、安心させるためか、どうせ理解できないだろうと高をくくっているのか、会話に応じてくれた。

「トントは勇者の依り代とするつもりのようですね。腹立たしいですが、勇者がいなければ魔王も成り立ちませんから魔王様の召喚と同時に、依り代を勇者とする術を組んでいます。不本意ではありますが、勇者をこちらで管理できるのなら目をつぶりましょう。――あなたの色彩なら、わたくしも耐えられそうですけれど。あなたきっと恨むでしょうね」

子供達の条件に銀髪碧眼が推奨されていたのは、少しでも愛着をもつためだったたか。

エゼルヴァルアは切なそうに目を細めて私を見おろしながらも、声に熱を帯びさせる。

「言い訳もしませんが、悪だとも思いません。わたくしは、もう一度魔王様にお会いしたかったのです」

その熱を帯びた声には、悲痛なまでの切望が込められていた。

そうか。これは、彼女が魔王に会うためのものか。

私が心の整理をつけるのにかかった十年という時間を、彼女は復讐と魔王を取り戻す事だけに費やしていたのだ。

エゼルヴァルアは我に返ったらしく決まり悪そうになったが、子供が私だけだと気づくと、そっと促してくる。

「さああなたも奥へと参りましょう。ゆっくり眠っている間にすべてが終わりますから」

だけどね。だけど！

私は伸びてくる彼女の手首を逆に捕まえた。

意志を……怒りを込めてぐっと睨む。

「そんなんじゃ、取り戻せないよ」

「なに？」

エゼルヴァルアはいぶかしげにしたが、彼女の手首を離した私は魔法の詠唱をし続けている神官と魔法陣に素早く目を走らせた。

この結界を維持しているのは神官とこの魔法陣か。召喚陣も混じってるのかまでは私に判断はつかない。だが、結界を張っているくらいだから、こいつらに瘴魔を捕まえる能力はない。

召喚陣の場所を知っているだろうエゼルヴァルアを確保したいところだが、瘴魔をなんとかするのが優先。

そのためにはここから脱出するのが先決だ！

私は捕まえようと手を伸ばしてくる神官達を避け、前からつかみかかろうとした護衛らしき奴の足を引っかけて地面に投げ飛ばす。

ついでにその腰から剣をちょろまかした。ふわりと白いワンピースドレスが翻る。

「なっ!?」

驚く神官達の声を後ろに聞きつつ、魔法陣の起点となる一点を見つけ出す。

そしてぎりっぎりまで強化魔法を練り上げ右拳に力を込めた。

「全身全霊、勇者パーンチ!!」

ドガコンッ!! と振り下ろした拳は、祭壇の床を陥没させて放射状に砕け散る。

床が崩れ去った事で、神官達が姿勢を崩した。

子供達の悲鳴も上がるが許してくれ！ 頑張って崩れ落ちないぎりぎりの加減を目指したから！

ともかく、魔法陣が壊れた事で結界が崩れ去った。

瘴泥の腐臭が押し寄せてくるのに、神官達と司教の顔が恐怖にこわばる。

「なにをしているのです!?」

体勢を崩したエゼルヴァルアが手をかざして魔法を繰り出そうとするのを横目に、私は助走をつけて、祭壇から試合会場へ向け跳躍した。

ヴェールが脱げて、銀髪が風をはらんで広がる。

折しも破砕音に気を引かれたらしいワイバーンが、私に気づいて襲い掛かってきた。

牙の並ぶ顎で噛みついてこようとするが、私も奪った剣に浄化の魔力を込めて振りかぶる。

「我が力はここにありて！ 〝全、力、浄化っ！〟」

最大限魔力を込めた剣から浄化の力が発散され、あたりを光で塗り潰す。

目潰しをされ一瞬ひるんだワイバーンの眉間を刺し貫いた。

直接浄化されたワイバーンは塵となって消える。

うーでも、剣から嫌な感触がする。もうちょっともってくれよ……！

一瞬確認した地上では、列席者は自分達が連れてきた剣闘士達に守られて縮こまっていた。

だが大半の瘴魔はライゼンを執拗に狙い、システィ達がその隙に瘴魔にダメージを与えている。

ああもう冗談に近かったのに役に立っちゃってる！

「システィ！」

「はい！」

試合会場の端に着地した私が叫ぶと、瘴魔の一体に魔法を打ち込んでいた彼女が豪快にドレスをめくり上げた。

そこから取り出したのは鞘に収まった我が相棒ミエッカだ。

ははは！！　持ち込むためのひと工夫だこらー！

「投げろ！」

「無理です！」

は？　そういう段取りだっただろ⁉

「だって聖剣ですよ⁉　ドレスに入れるだけでも怖かったんです！」

何だってえ⁉　と思ったが、そういやミエッカ重要文化財だったな。

だけど今は戦闘中だ、そこは曲げてほしかった！

そっちに走るかと思った時、ライゼンがシスティの手からミエッカを攫う。

「祈里！」

「よっしゃこ……ライゼン!!」

ライゼンがミエッカを投擲すると同時に、それに気づいた私は剣をぶん投げた。

投げた剣は、彼らの背後にいたグリフィンが振り上げていた前肢をかすめる。

けど浄化の力をたっぷり付与したから、かすめただけでグリフィンは嫌がるように飛びすさった。

まあ代わりに、剣も魔力に耐え切れずにぼろぼろになったけどな！

即座にシスティとライゼンが振り返り、魔法の一打と剣戟が送り込まれた。

二人の攻撃を食らったグリフィンが倒れる。

息が合ってるな君達！

その間に相棒、ミエッカを抜き払った私はどんと地面に突き立てた。

「〝我が身に宿るは聖なる光。清浄と正常を導く使命において振るいしは勇者なり！　眼前の瘴魔を討ち果たすため、今ひとたび森羅万象を守護する剣とならん！〟」

ごう、とあふれる浄化の嵐が試合会場全体に広がった。

可視化された浄化の魔力が光となり、煌々と真昼のように照らして、あたり一面を浄化していく。

投げ入れられた瘴泥は退き、闘技場に散らばっていた瘴魔が足を止めてひるむ。弱っていたやつは消滅していった。

追い詰められていた列席者達や、高みの見物をしていた神官達からの視線を強く感じたが、私は駆け寄ってくるシスティとライゼンを迎える。

「イノリ様！」

「瘴魔は私とライゼンに任せて、列席者を避難誘導！　門をこじ開けろ！」

「はい！　対瘴魔用魔法具は持ってきていますので、浄化もお任せを！」

それは頼もしい。

水を得た魚のように整然と動き始めるスティ達を見送った私は、慌てた声と、どんっという、人一人分の着地音に振り返った。

「イノリ、だと」

信じられないと目を見開くエゼルヴァルアの視線が、私と私が担いでいるミエッカをたどる。

まあね、鉄バットを剣だって言い張る奇特な人間は勇者くらいしかいないし、ましてや相手は仮にも勇者をあがめて、同時に憎んでいた奴らの集まりだ。

鉄バットを得物に使う「イノリ」と呼ばれる存在がいれば、いくら子供だろうと女だろうと、銀髪碧眼だろうと勇者と結びつけるだろう。

ましてや、魔王の元右腕だったエゼルヴァルアなら。

うん、自分でも変わりすぎじゃねえかって思うけども。

エゼルヴァルアは、先ほどまでの柔らかな表情をかなぐり捨て、激情に体を震わせて叫んだ。

「なんなのだその姿は!!　貴様は、冷酷に魔王陛下を屠った男だろう!?」

「自分でもなんだかわからないうちにこうなってたの」

元々女だってのは言わなくてもいい事だ。

私はゆっくりと、激しく動揺しているエゼルヴァルアへ近づく。

「あんたが魔王を取り戻したいのはわかった。あんたら瘴泥に呑まれた人々が、魔王の下でしか生きられなかったのも知っている。こんな無意味な事はやめてくれ」

「知ったような口を利くな！」

激昂するエゼルヴァルアだったが、形勢が不利なのはわかっているのだろう。

仮にも勇者という存在を打倒しようとしていても、神官達はまだ祭壇上にいるし列席者達はもう裏切られた事がわかっているだけに協力はしないはず。

しかし、エゼルヴァルアの瞳から意志は失われていなかった。まだなにかある。

私がライゼンに視線を送り、飛び出そうとした矢先だった。

「だが、遅かったな勇者王。この日を十年待ったのだっ！」

エゼルヴァルアは叫ぶと同時に、懐から取り出したナイフで腕を傷つける。

はたはた、と赤い血が地面に滴った途端、瘴泥の臭いが色濃くなった。

ざわと、瘴魔達が活気づくのを感じる。

「我が憤怒に呼応せよ！　瘴魔ども！」

その声と共に、血液から瘴泥があふれ出して実体化した。

それも、何体……いや何十体もだ。

瘴泥に侵されて生還した魔族達は、瘴泥や瘴魔を引き寄せ、ある程度操る事ができるのだ。

けど瘴魔を生み出せるとは聞いてない！

辛うじてなにかの生き物としての形を取っているようなそれは、退いたはずの瘴泥を取り込んで、どいつも濃密な瘴気を発している。ヴェッサのサメの比じゃない。普通の人なら触れるだけで死んでしまう。

「貴様が勇者王だと言うのなら、守って見せろ」

ゆがんだ笑みを浮かべたエゼルヴァルアが、ふと消えた。

転移魔法かと思ったが、瘴魔を登場させた時に使っていた奈落に飛び込んだのだと気がつく。

「まってくれ、エゼルッ！」

叫んだライゼンが追いかけようとしたが、エゼルヴァルアの生み出した瘴魔達の壁にはばまれた。

「くっそ、浄化斬！」

私は思いきりミエッカを振り抜くが、浄化はされたものの、瘴魔は次から次へとやってくる。

さらに弱っていた瘴魔も息を吹き返して、なりふり構わず私達へと襲い掛かってきた。

アレを相手にできるのは、現状私だけだ。舞台上は今もどんどん瘴泥に侵食されている。

列席者を逃がすまではここにとどまらなきゃいけない。

これじゃエゼルヴァルアを追えない。

圧倒的に手が足りないと私が焦りを覚えた瞬間、ドンッ！　と凄まじい破壊音と共に会場の門が吹っ飛んだ。

専用の機械を使わなければ開けられない、重く分厚いやつにもかかわらず、だ。

そこから、動きやすくはあれど上等そうな旅装に身を包んだ女性が現れた。

ハニーブロンドの髪を結い上げた彼女は、戦場とは思えないほど優雅な物腰で、片手には大ぶりの杖を持っている。

「あらまあ、頑張って来たのだけれど、大変な事になっているわねぇ」

私は、まさに救いを見た気分でその人の名前を叫んだ。

「アルメリアッ!!」

彼女は私の大親友、聖女アルメリアだった。その後ろから駆け込んでくるのはグランツの兵士だろう。援軍として今日に間に合うかはわからなかったが、ちゃんと間に合ってくれたんだな！

アルメリアは私の姿を捉えると、ぱちぱちと青い瞳を瞬かせる。

「まあイノリ？　ずいぶんかわいい。それならセルヴァも男だなんて思わなかったかもねえ」

「私だよ美少女になってるけど！　ところでここ任せて良い!?　……って横！」

やれやれと頬に手を当てていたアルメリアは、横から襲い掛かる瘴魔の一体に杖を向けた。

「〝清浄を正常に。澄み渡りし浄化の力を我が前に〟」

瞬間、清冽な浄化の光が瘴魔を焼いた。だけでなく、一面に広がりかけていた瘴泥も吹き飛ばす。

消し飛びはしないものの、瘴魔達もひるんでいた。

アルメリアは私が召喚されるまで、一手にルーマ帝国の浄化を引き受けていた人だ。浄化の魔力の扱い方は私よりもずっとうまい。

「あら、ちょっと手強いですわね。イノリ、わたくしはこちらを受け持ちますので、どうぞ」

「愛してるぜ、アルメリア！」

「うふふ、わたくしも大好きですわよ」

にこ、と微笑んだアルメリアに任せて走る私の横で、ドレスの裾が翻った。

「浄化具、構え、撃て！」

甲高い音と共に、瘴魔に浄化の光が襲い掛かる。

さらに瘴魔のグリフィンがシスティの剣によって屠られた。

「浄化で浄化具のゲージも満タンですので、イノリ様はあやつを追ってくださいっ」

「さすがシスティっ！」

うちの遊撃隊は頼りになるぅ！

アルメリアと彼女達がいれば、ここは持ちこたえられそうだ。

だから私は前へ進むために一番やっかいな、エゼルヴァルアの置き土産の瘴魔達と対峙した。

これは一体があのヴェッサのサメに匹敵する。こいつらだけは処理していかないとまずい。

「ライゼン、時間稼いで！」

「わかった！」

ライゼンはためらいもなく踏み出し、まさに襲い掛かろうとしていた瘴魔に剣を振りかぶった。

剣にはまだ浄化の力が残っていたらしく、ざっと瘴魔の一部が斬り飛ばされる。

けれども瘴魔は恐怖なんて感じていないらしく、次から次へとライゼンへ群がった。

私は彼を信じて集中し、体内の浄化の魔力を練り上げる。

いつもの浄化で足りないのなら、密度を上げるまでだ。

ぎりぎりまでミエッカに浄化の力を集めた私は、一気に振り抜いた。

「浄化、斬！　二連撃っ！」

一気に放出された浄化の光は、ライゼンを取り囲んでいた右側の瘴魔を消し飛ばす。

さらに踏み込んだ私は、ライゼンが飛び退いたタイミングで手首を返し、左側面を吹き飛ばした。

これめちゃくちゃ疲れるんだけど、うまくいって良かった！

だが下への道が空いている床からは、まだまだ瘴泥があふれ出てきている。

「祈里、これは地下に何かあるぞ」

「そうだろうねえ！　行くぞライゼン！」

ミエッカを担いだ私は、エゼルヴァルアが飛び下りた地下への奈落へ駆け寄った。

ライゼンも私に続いてくれたが、システィが悔しげに彼へ呼びかけている。

「貴様、ライゼン！　イノリ様を無事に返せよ！」

「なにに代えても」

ライゼンはシスティにそう返すやいなや、私と共に奈落へ身を躍らせたのだ。

「あら、その子……」

アルメリアが青い目を見張っていた気がした。

その六　すべてを知ろう。

飛び下りた先は、体感でビル二階分くらいだろうか。

降り立った先には、どうしてわからなかったのかと言うほどおびただしい瘴泥であふれていた。

たぶん執拗に執拗に魔法を編んで用意周到に封じ込めていたんだろう。

毎日のように開催された勇者闘技で、練り上げられた魔力が有り余っているからできた事だ。

濃さから言えば、石城迷宮で精霊のゲニエニュケを取り込んでいた瘴魔の体内に匹敵する。

闘技場に入った時に、感じた違和の正体はこれだったんだ。

嫌な感触を靴底に感じながらも、私は浄化の力をまとって走る。

だけども、地下は予想以上に入り組んだ構造になっていて、方向に見当がつかない。

さらに動きは鈍くとも瘴泥から形を取ろうとする瘴魔が現れようとしていた。


「祈里、おそらくこっちだ」

「何で!?」

「瘴泥が濃いからな」

ああなるほど、エゼルヴァルアは魔王を召喚しようとしているのだ。なら瘴泥が濃い場所にいると考えるのが順当だ。

先に立ったライゼンの導きで、私は奥へ奥へと進んでいく。

途中に現れた瘴魔は、私が即座に切り捨てた。ライゼンの剣は温存しておきたい。

ぼろぼろと崩れ去った瘴魔は、普段よりも恨みと嘆きに満ちている気がした。

が、感傷に浸っている場合じゃない。

「この通路全体が、瘴泥を運ぶパイプになっているのかもしれないね」

「だと思う」

「体は大丈夫？」

「……問題ない」

嫌な予感を紛らわせるように会話を重ねて、走って走って。

ぶわと、また強く瘴泥の腐臭に包まれて、私は思わず立ち止まって片手で顔をかばう。

そこには広々とした空間が広がっていた。

動き回るのに充分な広さをもった床や壁にはびっしりと魔法陣が刻まれている。

さらに縦横無尽に掘られた溝はよどんだ瘴泥で満たされており、魔法陣に触媒と魔力を供給している。そして、あたりには今までと比較にならない濃密な瘴泥と魔力がたゆたっているのだ。

細かい所は覚えていないけど、その様式は私が召喚された召喚陣とそっくりに見える。

その端、詠唱用の魔法陣には荒い息をつくエゼルヴァルアがいた。

「エゼルヴァルア！　こんな事はやめてくれ！」

ライゼンが叫ぶと、彼女がのろりと顔を上げて目を見開く。

その顔は憤怒と動揺に赤く染まった。

「貴様らこの修羅場にふざけてるのか!?　なぜ手なぞつないでいる!?」

「え、あ。そういえば」

私は瘴泥対策のためにライゼンと手をつないでいた。

前にもやっていたから、今回も当たり前のようにやってたんだよね。

というか顔を真っ赤にして怒鳴るエゼルヴァルア、素に戻ってるっぽいし意外と純情？

「それに貴様に名乗った覚えなどない！　勇者王の手先めっ」

かっかと怒りに満ちたエゼルヴァルアに、ライゼンはもどかしげな顔になる。

言いたくても言えないような、どう言えばいいのかわからないような。

対して私は、彼女がなにをしたかわかり顔をしかめていた。

「自分に瘴泥を封じていたのか！」

大量の瘴泥がエゼルヴァルアからあふれているのだ。どこかへ瘴泥をプールしているとは思っていたが、まさか人体に封じていたなんて。その量は彼女のどこにそんな瘴泥があったかと思うほど。

確かに魔族には瘴泥への耐性があるが、あくまで耐性だ。

影響がないわけじゃなく、普通なら内臓が焼かれているような苦痛が続くはずなのだ。

エゼルヴァルアは瘴泥の泉に浸かりながらもにいっと笑った。

「最後の予備のつもりだったのだがな。だがこれで私の勝ちだ。さすがに貴様でもこの瘴泥の中に入る事はできまいて！　この身が魔王陛下の贄となるなら本望だ！」

荒い息をついたエゼルヴァルアは勝利を確信したように言い切った。

確かにこれだけ濃密な瘴気を放つ瘴泥だ。私ですらかなりきつい。

だが私は、むき身のミエッカをライゼンに押しつけた。

「ライゼン、後は頼んだ」

「祈里⁉」

うろたえた声を聞きながらも、私は瘴泥の泉に一歩踏み出す。

白のワンピースドレスの裾がじゅ、と汚れる。それでも向かう先は召喚陣だ。

これだけの規模で瘴泥と魔力が集められていれば、うかつに壊すとスイマリア全体を壊滅させる瘴泥災害に発展する。

それこそ魔王すら生み出されてしまうかもしれない。それなら。

「浄化してから壊すしかねえよなあ！」

一歩進むごとに凄まじい圧力で押し返されそうになる。瘴泥でも魔力は魔力だ。その力が荒れくるう中を歩くんだから、一歩一歩じりじり進むしかない。

んぐ、きっついなあもう！

「なにをしている勇者王⁉　死ぬ気か⁉」

「あんたこそ死ぬ気！」

エゼルヴァルアが信じられないとばかりに目を見開くのに、睨んで言い返すと、彼女は恨みの滴る怒声を張った。

「これで魔王様が取り戻せるのならば、この身などどうなっても良い！」

「ばあああか！　確かにこんなに瘴泥と魔力を集めたのは感心するけどな、これじゃあんたの望みは叶わないんだよ！」

「私を愚弄するか勇者！」

「あんたの望みは私への復讐じゃなくて、グランツにもう一度会う事だろうが！」

魔力と瘴泥の嵐に押し返されそうになりながら叫べば、エゼルヴァルアの顔がこわばる。

勇者が憎いのは本当だ。けど、それ以上に失ってしまったひとにもう一度会いたい想いのほうが強いと感じていた。

だって私がそうだったから！

「あいつは、こんな事じゃ戻ってこない！」

エゼルヴァルアは一瞬ひるんだが、くしゃくしゃに顔をゆがめた。

「うるさいうるさい！　どんなに私があの方のおかげで安らいだか。それを奪われてどんなに絶望したか！　貴様が言う資格はないぞ、勇者あ！」

知っている。でも私しかこの場で言える人間がいないんだよ！

憎悪のままに叫んだエゼルヴァルアは召喚陣から片手を離すと、瘴泥をあふれさせた。

召喚の要であるエゼルヴァルアはその場から動けない。それでも無視できない規模の攻撃だ。

津波みたいに押し寄せてくるそれに、私も両手をかざして浄化をし応戦するが呑み込まれる。

息ができず、肌がひりひりと痛んだ。瘴泥の泥の向こうに、怒りとあふれんばかりの悲しみに黒い涙を流すエゼルヴァルアが見える。

「私から陛下を奪った恨み！　思い知……ぐは⁉」

エゼルヴァルアに当て身を食らわせたのは、ミエッカを持ったライゼンだった。

鉄バットモードのミエッカを器用にベルトへ挟んだ彼は、エゼルヴァルアの腕をひねり上げ召喚陣の外で彼女を押さえつける。

彼女が私に気を取られている間に、ミエッカに守られたライゼンが近づいていたのだ。

けれど彼女の周囲にある瘴泥が濃すぎて最後が詰め切れなかった。それが、私に攻撃を仕掛けた時に緩んで到達できた。

私が彼女を煽るような事を言っていたのは、こちらに注意を引きつけるためだったんだ。

まあ全部本心だけど。

「離せ！　やっとここまで来たのだっ」

エゼルヴァルアは身を起こそうともがくが、ライゼンが押さえ込んでいるからかなわない。

口惜しげにする彼女に、ライゼンはそっと打ち明けるように言った。

「魔王は嘆いてくれる人がいた事を、知らなかったのだと思う」

「なにも知らない奴が、魔王様を語る、な……！」

嚙みつかんばかりにライゼンを睨み上げていたエゼルヴァルアだったが、急に語気を弱める。

なにか違和を覚えているような雰囲気で。

「わかっていたつもりになって、全然わかっていなかったんだろうな」

だが私はそれどころじゃないもんで！　ライゼンが瘴泥に侵されきる前にこっちのケリをつけなければ。エゼルヴァルアが離れた事で召喚陣は不安定に明滅しているが、それでも濃密な瘴泥にはばまれている。

「やめろ、やめてくれっ」

私の意図に気づいた彼女の悲痛な叫びを無視して、ようやく中心にたどり着く。

だいたい魔法陣の起点は真ん中ってナキが言ってた！　それに一番瘴泥が濃密なのはここだ。

ありったけの浄化の魔力を練り上げてぇ……


「全・力・浄・化ぁ⁉」


がん、と拳を振り下ろそうとした矢先、瘴泥と魔力が帯となって私の四肢に絡みついた。

瘴泥なら浄化の力で消えていくはずなのに、すべて呑み込んで増幅していく。

ともかく引きはがそうと、帯を引きちぎろうとしたが、私の魔力を吸い取ってまた膨張した。

そういえば、これは魔王の召喚陣で。エゼルヴァルアは魔王の右腕としての自分を触媒に召喚しようとしているようで。縁のあるものならなんでも触媒になり得るわけで。もしかして。


「勇者である私も触媒になり得るって事か！」

「祈里⁉」

「来るなライゼン！」


ごっそりと魔力を持っていかれる感覚に焦りながらも、私は彼が腰を浮かせて駆け寄ってこようとするのを全力で止めた。

これでライゼンが呑まれたらやばいと思ったのだ。

同時に足下の召喚陣が脈動するように発光し、視界が塗り潰された。

この光を知っている。約十年前、私が召喚された時と同じものだ。

ならば、召喚される者はなにか。

「魔王陛下っ!!」

目を開けていられない私の耳に、エゼルヴァルアの歓喜の声が響く。

まぶたを通してもなお焼けるような光が不意に収まってすぐ、目の前から膨大な気配を感じて私は飛びすさった。

しゅるりと、衣擦れに似た音が響く。

ゆっくりとまぶたを開くと、光の残像の間に、銀色が映った。

どくん、と心臓が高鳴る。

さらりと流れるのは銀の流れは、その人の髪だった。

月の光を寄り集めたような銀の髪が、動くたびに舞い散る魔力の光を反射しきらきらと輝く。

ゆったりとした服の上からでも均整が取れている事がわかる肢体は雄々しく、その顔立ちは極寒の雪原のように冴えた美しさを放っている。

しかし、その緑の瞳は私を捉えた途端、甘くとろけた。

「祈里、ようやく会えた」

ざあと、背筋が粟立つ。

その、色彩は、その、顔は。

十年前に泣きながら置いてきた、魔王グランツのものだった。

それ自体が装飾のように銀の髪を舞い散らせ、その男はゆっくりと私に向かって歩いてくる。

視線が釘付けになる私に、男は親しげに語りかけてきた。

「どうして、って顔だな。俺はあの後、神の一柱として天界で暮らせるようになったんだ。ずっと君を迎えに来たかったんだよ」

そうして男は、ゆるゆると甘やかに微笑(ほほえ)んで、私に手をさしのべた。

「さあ祈里、俺と一緒に天界に――」

それが、限界だった。

「ミエッカ、殲滅(せんめつ)モード起動」

「うわっ⁉」

ライゼンの驚いた声と共に、私の意志に応じたミエッカが右手に収まった。

瞬間、ミエッカは私の魔力を吸い取り、研ぎ澄まされた諸刃(もろは)の剣へと姿を変える。

変化が終わると同時にどん、と床を蹴り、私は目の前の銀髪碧眼(へきがん)野郎に振りかぶった。

「へ？」

「てめえ誰だこのくそ野郎っ‼」

そして目の前の間抜け面に、あふれ出す激情のまま全力で剣を振るったのだ。

☆　☆　☆

「陛下っ⁉」

エゼルヴァルアの悲鳴のような声が響いた。

私が全力で振り抜いた剣は、銀色の男の腹を薙ぐ前に、がんっと硬質な壁にはばまれる。

「あっぶな、ぁ⁉」

だけど勢いまで殺せるわけがなく、銀色の男は壁際まで吹っ飛んでいった。

いったん着地した私は、すかさず男を追撃する。

私の心を支配するのは煮えたぎる怒りと、屈辱だ。

絶対に逃がさねえ！

だが激情のまま男の胴を貫きかけた時、まばゆい光に視界を塗り潰される。

「っ‼」

「びっくりしたぁ。寿命が縮むってこういう事を言うのかな。新鮮だけどこの反応は予想外だ」

なんとか視界を取り戻した私が奴の姿を探せば、少し離れた位置で長閑に服をはたいていた。

くっそ、腹立たしい！

怒りが収まらない私がさらに剣を振りかぶろうとするのを、男は慌てて両手を振って制す。

「いやいやちょっと待ってよ祈里、なんでそんな速攻バトルモードなの⁉」

「気軽に呼ぶんじゃねえ！」

「勇者！　また私から魔王陛下を奪うのかっ」

エゼルヴァルアの悲痛な叫びに、頭が冷えた私はいつでも飛びかかれるようミエッカを握りつつ、冷めた声で言った。

「エゼル、よく見なかったのか。こいつは光魔法を使ったぞ」

ようやく気づいた彼女が目を見開いて、銀色の男を凝視する。

私の剣を防いだ時に、目の前の男は光魔法特有の結界を使ったのだ。

あいつが得意としていたのは瘴泥(しょうでい)を操る事と、どの属性にも偏(かたよ)らない無属性魔法だ。

ナキが嬉々として教えていた事もあり、物質を固定したりわずかに時間を遅らせたり器用だった。

もちろん防御障壁も使い分けていたので、物理攻撃を防ぐなら反射系魔法を使うはずなのだ。

「その銀髪も緑の瞳も本物じゃないんだろう、偽物(にせもの)。三秒以内に正体を現さないんなら、このままぶっ放す」

私が魔力を限界まで込めて発光するミエッカを突きつけると、目の前の男は困ったように頬を掻(か)いた。

その仕草だけでグランツと違う事は明白だ。

「一つ訂正しておくと、魔王が偽物(にせもの)なんだからな。はーせっかく色変えたのになあ」

するりと、薄衣(うすぎぬ)が落ちるように色が変わっていく。

髪色は月光の銀から日輪の黄金へ、瞳の色は深緑から澄み渡った青へ。

その色彩は、まるで晴れ渡る空と太陽のようだった。

髪は襟足(えりあし)にかかるくらいに短くなり、服装もしゃれた華やかなものに変わる。

顔はグランツとうり二つ、けれども滲(にじ)み出(で)る明るい気質が美貌(びぼう)に華やかさを与えていた。

「さあ、これで俺の事わかるよね」

「誰だよてめえぶっ殺すぞ」

「うっそ、祈里ちゃんには俺史上最高の加護を与えたのにぃ!?」

男から滲み出るパリピ臭に背筋がぞわっとしたが、ようやく相手が誰かわかる。

私にやたらと光の加護を渡したのは一人、いや一柱しかいない。

「天空神タイヴァス、か」

「その通り！　こうして顔を合わせるのは初めてだね」

朗らかに肯定したタイヴァスは、しみじみといった雰囲気で私を見おろした。

「だけどずっと見守っていたよ。素晴らしい活躍だった。さすが俺が選んだ魂だけある」

選んだ魂……？

私が引っかかっていると、エゼルヴァルアが混乱の極みといった顔で言葉を紡ぐ。

「天空神……？　なぜ魔王様と、同じかお、うっ!?」

「俺は祈里ちゃんと話しているんだ。君の役割は終わったから黙っていてくれ」

タイヴァスの冷えた声と共に、一瞬で彼女とライゼンのまわりに光の結界が張り巡らされる。

ライゼンがとっさに結界へ手を伸ばすが、バチンッと電流が流れてその指を拒絶した。

私には彼らがなにかを叫んでいるのは見えるが、音も通ってこない。

たった一瞬でそこまでの事をしてのけたタイヴァスは、やんわりと微笑んだ。

「俺はやさしい神様で通っているから殺しはしないよ。ただ邪魔をしようとしたら……わかっているね」

神々特有の霊圧に押されたエゼルヴァルアは、ひゅっと息を呑んで黙り込む。

理不尽をまき散らし、当たり前のように力を行使する独裁者。それがこの世界の神様だ。

だけどそれをまかり通すだけの力がある。

なぜなら人々の信仰と認知が力になるこの世界で、天空神はほぼすべての地域で信仰されているのだから。

認めるのも業腹(ごうはら)だが、間違いなくこいつは天空神タイヴァスだ。

この場を支配するタイヴァスは、金の髪を揺らしてライゼンを見る。

「そっちの君にはたっぷり話があるから大人しくしていなよ。逃げようとしたって無駄だから」

そう言い残したタイヴァスが私を振り向いた時には、朗(ほが)らかな表情に戻っていた。

私は表面上は平静を保ちつつも、やりにくさを感じる。

現状、ライゼンとエゼルヴァルアを人質に取られているのと変わりない。だが、今までずっと謎だった、どうして私が召喚されてしまったのかがわかるかもしれないのだ。

いやこういうタイプは、人の話を聞かねえって相場が決まっている。

私の心中を知ってか知らずか、タイヴァスはのんきに頭を掻(か)きながら言った。

「いやあまさか俺が迎えに来る事になるとはなあ。最初っからこうすれば良かったんだろうな」

「さっき私を迎えに来たって、本気だったの？　なんのために」

「もちろん、俺の恋人になってもらうためだ」

こいつ本気で言っているのかと、真顔になった私悪くない。

だけどすぐ、天空神に対する逸話を思い出して顔を引きつらせた。

「確かあんた、人妻でも良いと思ったら鳥に変身して連れ去っていく恋多き神だったな」

「そりゃあいい女がいたら口説かなきゃ失礼だし、愛でるのは当然だろう？」

何を当たり前の事を、と不思議そうな顔しているが、こいつ既婚なんだぜ。

それを世間一般ではドクズと言うんだ。と私は蛇蝎を見る目を向けたが、タイヴァスがしみじみと言った。

「そうじゃなきゃ、苦労して君をこっちに引っ張ってきた意味がないじゃないか」

「は？」

私の声が一段低くなった事に気づいたのか気づいていないのか、彼はご機嫌に続ける。

「大変だったんだよ。天界でさ、ちょっと瘴泥が溜まっちゃって人界に下ろしたはいいけど、そこでもあふれちゃってさ。そういや最近掃除してないなーこりゃあ魔王にするしかないかーって時君を見つけてさ閃いちゃったんだよね。そうだ、勇者として呼び寄せればいいんじゃないって」

勇者と魔王について、グランツではずっと研究を重ねていた。その中で生まれた仮説の一つが、「魔王」は瘴泥を浄化するための一種の浄化機能なのでは、というものだ。勇者が倒す事で初めて完結する、浄化サイクルなんじゃないかって。だが、それでも外部の人間である私を呼び寄せた理由まではわからなかった。

そりゃあわからないよ、だって、こんな神の超個人的な理由なんだから！

「ねえ、もしかしてもしかしなくても私を口説くため……⁉」

当たってほしくない、やめてくれと思いながらも口にすると、タイヴァスはにんまりと笑った。

自分の思いつきを得意げに自慢する顔だった。

「その通り！　いやあ方々の世界を見て回っている時に、宝石みたいに輝く君の魂を見つけて一目惚れしたんだ。でもただの人間じゃ天界に招く事はできなくてね、だから君を勇者にして、魔王を倒してもらう事で功績を積ませようと考えたんだよ！」

私の視界の端で、ライゼンが愕然と目を見開く。

気づいていないタイヴァスは、いやあ大変だったと言わんばかりに腕を回しつつ続けた。

「あっちの君の体を殺したあと、ルーマ帝国の召喚陣にちょっと細工をして君の魂が召喚されるようにしたのさ。それでこっちの世界で生きられるようにと、より俺好みになるようにちょいちょいっと調整したんだ。まあ君の自我のほうが強くて外見がそのままになったのはびっくりだったけど。俺が仕込んだ魔法がようやく効いて、美少女になったから良し！」

くそう、翻訳機が切実に欲しいぞ。つまりは、この世界に来た時点で、私の魂？　は奴によって美少女仕様にいじられていたから、ナキの「実年齢にモド～ル」は、奴に魂をいじられた直後を「魂に刻まれた年齢」として十歳児になったという事か。うわ、ナキ超優秀だけどぜんっぜん嬉しくない！

あっさりと元の私を殺したとのたまった事と、この体があいつの趣味という事に死にたくなるほど気持ち悪さを覚える。が、ここでくじけたら相手の思うつぼだ。

「つまりは全部、あんたが仕組んだ事だったのね。まさかこの勇者教騒ぎもそうなの」

激情を押し殺して訊くと、タイヴァスは眉尻を下げる。

「だって君、思ったよりも頑張っちゃうんだもん」

野郎の「もん」に、こんなに気持ち悪さを覚える日が来るなんて思わなかった。

「もともと魔王を倒してすぐ天界に引き上げようとしたのに君は生きてるし。そのまま国まで作っちゃうだろう。まあ、君の功績が積み上がるのは良い事だけどさ。さすがにそろそろなんとかしなきゃなーと思っていたところに魔王？　を呼び出そうとしている勇者教なんてものを見つけたからさ、場所も良い具合に俺の領域だったし、俺が召喚されるようにいじったわけ。君が来るってわかっていたから瘴泥も大丈夫だし」

うんうんと頷いたタイヴァスは、げんなりとした調子で続けた。

「でもさあ魔王を作るのだって大変だったんだよ。魔王になりかけてた瘴泥に俺の魔力を混ぜ込んで、ある程度命令を遵守するようにすり込んでさ。万が一にでも君が死なないようにね。結果的に瘴泥も綺麗に片付けられたけど、手間がかかったよね」

「グランツを、作っただって……」

私の声が勝手に震えた。タイヴァスは不思議そうに首をかしげる。

「ああ、君はずいぶん肩入れしていたみたいだけど、ただの人形だ。俺の魔力を移したから俺と同じ顔になったけど、魔王はただの瘴泥を循環させるための装置にすぎないよ。あでも俺の顔を気に入ってくれたんだろう？　それは嬉しいから気にするな！　女の子は人形遊びが好きなモノだって知っているしね」

にこりと笑うタイヴァスに、私はぶつ、と自分の中のなにかが切れるのを感じた。

こいつが私の人生をぶっ壊したのも、魔王と勇者も果ては勇者教の事も糸を引いていたのもわかった。これが全部、私を呼び寄せて愛人にするためだっていうのも怒りを通り越してあきれ果てる。

だがなにより、こいつは私の許せない事を言った！

「いやあ君の活躍はすごかったよ！　ただき……ってあれ、なんで剣を構えているんだい？」

強化魔法で全身強化、ミエッカにも魔力を全力で流し込んだ私は、タイヴァスへ向けて容赦なく剣を振り抜く。

「グランツは人形なんかじゃない！」

ちゃんと意志を持ってこの世界の事を考えて自分なりに生き抜いた！　その誇りに泥を塗る物言いは私が許さない！

どん、と今度は土手っ腹をぶち抜いたが、タイヴァスだと思っていたものは光の揺らぎと共に消えていった。

変わり身になっているのに気がつかず歯がみする。だが確実にここで仕留めるためにも落ち着け。

「まったく乱暴だなあ。ま、そういうところが愛おしいのだけどね」

いったいどこだ、と目を皿にして探せば、背後に気配を覚える。

すぐに振り返ろうとしたが、背後から押さえ込むように腕と腰を取られた。

手首がひねられて、握っていたミエッカが落ちる。

男の力で腕をひねり上げられてしまえば、十歳児の体はまったく逃げ出せない。

「おーちっさいちっさい。さすが俺、ちゃんと陰気な黒も明るい色になってるなぁ。自分の趣味の良さにはほれぼれするよ」

しみじみと言うタイヴァスの声が耳元で響いて、ぞわりと悪寒がする。

「お前が真性ロリコンか」

「若くてちっちゃくて、かわいいほうが良いに決まっているじゃないか」

「……あんたの口説いた神様、ほとんど合法ロリだったな」

せめて言葉で攻撃しようとしたのに、タイヴァスは余裕の表情だ。

さらに銀の髪をひとすくいされ、唇を寄せられた。

「ただ金色にしたはずなのに、銀色になっているのは気に食わないなあ。後で変えなきゃね」

私は悔しさを覚えながらも、タイヴァスを睨み上げる。

もうわかっている、なにを言ってもこいつには通じない。私を尊重するそぶりを見せておきながら、まったく考慮する気がないんだから。

勝手に呼んで、勝手に外見をいじって。

まあそうだろう。知っていた。神々なんて私達人間を自分と同じものだなんて思っていないって。

それでもこれだけは言わなきゃいけない。

「ふざけるなよタイヴァス、あいつは懸命に生きて、この世界を好きになって、泣いて笑って死ぬほど考えて、自分がいなくなっても大丈夫だって本気で思って死んでいった馬鹿野郎だ。おかげで私は十年経っても引きずってる」

ひっどい野郎だった。それでも。

「私が一生に一度の恋をしたあいつのほうが、あんたなんかより何百倍もいい男だった！」

「それはちょっと悔しいけど、まあ天界(むこう)へ行ってから、じっくり惚(ほ)れさせるのもまた楽しみってものだからね」

「ついていかねえって意思表明してるのわかれよ！　そもそも口説(くど)いてから連れていくのが道理ってもんだろ!?」

「なんで？　もう待つのは飽き飽きだもん。それに君は俺に抵抗できないのに。魔力、俺を召喚した事で枯渇(こかつ)しているだろう」

まさにその通りで、身体強化もかけられない。それでも腕の中から逃げ出そうともがく私に、タイヴァスは楽しそうに淡い光を宿した指先を額(ひたい)に近づけてくる。

「勇者王は魔王復活を防いで天界へと召し上げられたって筋書きだ。天界では君はずっとその姿のままだからね。楽しみだなあ」

くそ、話聞かねえ野郎はこれだから最低なんだ！

だけど私にはタイヴァスの青い瞳を睨(にら)みつける事しかできない。

ガラスが砕け散るのに似た音が響いたのは、その時だった。

思わず首をすくめた私がそちらを見ようとした途端、タイヴァスの間抜け面に拳(こぶし)がめり込む。

その横顔は、タイヴァスとうり二つ。

だけど髪は月光を撚り合わせたような銀色で、ぎょっとするほど鮮やかな緑の瞳が怒りに燃えている。

そんな表情は見た事ない。

ただ、タイヴァスの腕から解放された私の胸は、マグマのように熱い喜びと安堵であふれた。

「ふざけるな、祈里はあんたの思い通りになんかならない！」

タイヴァスが吹き飛んでいった後に仁王立ちをしていたのは、グランツの色彩を帯びた——

ライゼン・ハーレイだった。


ライゼンがグランツだとわかっても、自分でも意外なほど驚きはなかった。

だけどなんて呼びかけるか迷っていれば、銀色の青年が振り返る。

その拍子にぷうんと香ってきたお酒の匂いに目が点になった。

「あんたもしかして酒飲んでんの!?」

「開口一番それか……」

げっそりとした顔で肩落とすその表情は、今まで旅してきたライゼンのものだ。

まあいきなり変わるわけはないよな。

「酒を飲むと理性が緩むらしくてな。酔っている間だけ力が戻るようだ」

「なにその酔拳論法。そんなわやわやでいいの」

「わからん」

「……ちなみになに飲んだの」

「今日はウォッカだ。辛い酒は良いな、うまい」

「あんたもしかして結構強かった？」

ライゼンの声はいつもより高揚していたが、ろれつも言動もしっかりしている。

いやどれだけ飲んだかはわからないけど。

なんだもったいないな、それなら晩酌とか付き合わせたかったものだ。

ついのんきに話していれば、吹っ飛ばされていたタイヴァスがよろよろと起き上がろうとしていた。

その顔は屈辱と混乱に満ちている。

「ぐ、なんでお前がそこにいるんだ。俺が作った魔王は消滅したはずだろう!?　それにどう見ても人間だったじゃないかっ！」

なるほど、タイヴァスは見逃していたわけじゃなくて、本当に気がついていなかったのか。

まあそうだよな、ライゼンは表面上はまったく人間と変わらないのだから。

「俺にもわからないし、名乗るつもりもなかった。だがな」

表情を厳しくしたライゼンは私を背にかばうと、同じ顔のタイヴァスに抜いた剣を突きつける。

「彼女の自由を害するなら、俺は創造主にでも刃を向けよう」

そこで、初めてタイヴァスがライゼンをまともに見た。

初めてそれが存在しているものとして認識した感じだった。

「……ああなるほど。祈里の銀はお前のせいか」

タイヴァスによって退けられていた瘴泥が、しゅるりとライゼンの周囲に集まり出した。

私もミエッカを拾ってタイヴァスへ向けて構え直す。

自分勝手なタイヴァスだが、ライゼン以外の事についても色々ぶっちゃけてくれたのだ。

十年前のなぜに答えを返してくれたのは感謝しかない。

まあ、それで見逃すかは別なんだけどね？

痛むらしい頬を押さえながらぶすくれていたタイヴァスが、私を見て顔を引きつらせた事で、自分が大層嗜虐的な笑顔になっているのを知る。

「ねえ、良い面になってるねえタイヴァス。確か神様も地上にいる限りは、地上の法則に従わなきゃいけないんだよね？」

「なるほど、だから殴れたんだな」

「あれライゼン、わかって殴ったんじゃないの」

タイヴァスがなんであんな回りくどく召喚、という手順を踏んだかといえば、地上に干渉できる方法がひどく限られているせいだ。まだ地上で生きている私を直接連れていくには、地上で行動できる体が必要だったわけである。

「いやとっさだった。だが、そうか……」

そういう喧嘩っ早いところさすが傭兵だなって思う。いやそれとも酔っているのか？

まあともかく、ライゼンも怒りとも高揚ともつかない闘志を燃やして、剣を構えた。

「今までの鬱憤、徹底的に晴らさせてもらおうか」

「ええもう、恨みは骨髄まであるんだから、私にも殴らせなさいよ」

「いやちょっとなんでそんなに血気盛んなの」

「「ならないと思ってるの」か」

冷や汗をかくタイヴァスがなおも言い募るのに、私達の声が重なる。

けれどタイヴァスはまったく意味がわからないとでも言うような表情になった。

「せっかく天界に行ける機会なのに、ふいにするのかい。祈里」

「私が、いつ頼んだよそんな事。まともに会って話をしたの今日が初めてなのに選ぶと思ってるの？」

私は十年かけて自分の故郷を作り上げたのだ。初対面の相手にほいほいついていく理由がない。

「そもそもタイヴァス、あんた公式奥さんがいるでしょーが」

「かわいい女の子がそこにいれば愛でるにきまっているし自分でかわいがりたいと思うだろう!?」

「いやその人が自分の特別になるだろう」

ライゼンの率直な切り返しに、タイヴァスが心底疑わしげな顔になる。

「女の子愛でないなんてお前ほんとに俺から生まれたのか」

「俺もそれを疑っているところだ」

言い合う彼らはとてつもなく息が合っているが、表情は険悪そのものだ。

まあいいわどうでも。

「ライゼン全力で行けるか」

「問題ない」

私がぐっとミエッカに残りの魔力をため込み始めると、タイヴァスがその秀麗な顔を引きつらせた。

「いやちょ、え、待とう」

「私もだいぶ、怒ってるからさ。原形留めていてくれよ。タイヴァス」

「待って！　ほんとにまじで後ろっ」

真っ青になったタイヴァスが私達の背後を指さすが、そんな古典的な罠に引っかかるわけないだろうが！

だんと、地を蹴って飛び出しかけた私の襟首を、後ろから掴まれた。

背後にはライゼンしかいないんだけれども何で⁉

「あんたなにをっ……⁉」

「祈里まずい、本当だ！」

私はライゼンを振り仰いだのだが、同時に苦しげに身をよじるエゼルヴァルアが見えた。

その全身から、可視化するほどの瘴泥があふれ出している。

『アアァウウゥウ……ァアアアァぁあアアア……ッッ！！！』

絶叫した彼女の全身が瘴泥に包まれ、凄まじい速度で膨張していく。

エゼルヴァルアがため込んでいた瘴泥は、魔王を創造し得るほどの膨大なものだった。

だから彼女が瘴魔化してもおかしくなかったのに、失念していた私の馬鹿！

後悔をしている間にも瘴泥は周囲に飛び散り、私に襲い掛かってくる。

「浄化ぁっ！」

ライゼンに抱え直された私は、ミエッカを薙ぐ事で瘴泥を断ち切ったが、エゼルヴァルアを取り込んだ瘴泥はもう部屋一杯に広がろうとしていた。

これじゃ反撃どころか逃げ場がない。

その時、ぱあっとまばゆい光が広がり上空を貫いたかと思うと、天井が崩れた。

新鮮な空気が入ってくる頭上を見上げれば、金髪の青年がぽっかりと開いた穴へ飛び上がるところだ。

「逃げ道は作ったから、後は君に任せるよ！　俺これ以上役に立たないしね」

「タイヴァス逃げるなっ！」

「じゃっ、気が向いたら声かけてよね、祈里ー！」

確かに神々は瘴泥をひとつの場所に集める事はできても消滅させるのは難しいらしいけどねえ！

それはないだろ⁉

だがタイヴァスは私に向けて手を一振りすると、魔法陣の中に消えていこうとする。

ここは瘴泥に侵されていてもタイヴァスの聖地だもんな！　魔力は掌握し放題って事かよ！

歯がみしていたらライゼンが私を抱えたまま深くしゃがみ込んだ。その腕は強化魔法で淡く輝いている。

まるで、投擲前みたいに。

「祈里、飛ばすぞ」

瞬間、私は豪速で穴を飛んでいた。

をい、飛べたら良いなとか思ったけど、まさか本気で飛ばす事はねえだろお⁉　なに思い切り良くなってるんだよライゼン⁉

心の中で悲鳴を上げつつも、私は反射的に風魔法を下に噴射する。

そして今にも魔法陣へ消えかかろうとしているタイヴァスへ追いついた。

「せめて魔力はおいていきやがれっ！」

そうして、奴の髪をばっさり切り落とした瞬間、その姿が消えた。

くっそ、やっぱり微々たるものだぜ。まああの焦った顔を見られただけで今は良しとしよう。

地上に降り立った私が素早く周囲を確認すると、ざわざわと梢の揺れる音の中に見慣れぬ半壊した祭壇がある。

どうやら方々を走っているうちに闘技場の外に出ていたらしい。

祭壇の上だったおかげでタイヴァスも逃げ道を確保できたんだな。

悔しいなーもう！

と、ぶすくれている間に、穴から大量の瘴泥と共に銀の人影が飛ばされてきた。

空中で執拗に追ってくる瘴泥をさばいていたライゼンは、泥に直接触れているが侵されている気配はない。もしかしなくても石城迷宮のゲニエニュケを押しとどめたのは、魔法薬じゃなくて本人の資質だったのか。

一度気づいてしまえば色々見えてくるものはあるが、今はこの場をなんとかするのが先決だ。

だから私は、穴からあふれ出る瘴泥から逃げつつ叫んだ。

「ライゼン！　こっちに来いっ！」

剣で瘴泥を振り払い、ライゼンは私のそばに降り立つ。

標的がまとまった事で瘴魔は一斉に私達へ襲い掛かってくる。どちらかというと私に向けてが多い。これ絶対私への恨みが入ってるよなぁ!?

「祈里、浄化できるか」

「あれだけの浄化をするには魔力が足りない。あんたこそ倒せる？」

「倒せない事はないが、これだけの瘴泥を食らったら、俺の体が持たないと思う」

「もしかして今のあんた、瘴泥の耐性がある魔族に近い感じなの？」

「ああ、長時間は悪いが無理だ」

私はタイヴァスを召喚した陣に魔力を奪われた上で、あいつに抵抗したから枯渇に近い。

かといってライゼンもニュケの時と同じだとすれば、瘴泥の中で長くは持たないはずだ。

どうする、どうにかできるとすれば私しかいないけど！

再び、無数の瘴泥をミエッカで切り払いながら頭をフル回転させていると、ライゼンが銀の髪を翻し大きく剣を振り抜いた。

ごう、と純粋な魔力の塊が斬撃となって飛び、こちらに襲い掛かろうとしていた瘴泥の腕を根こそぎ吹き飛ばした。

だが、ライゼンの剣がぼろぼろと崩れ去ってしまう。

瘴泥に腐食されたからじゃない、魔力の質量に耐えられずに風化していたのだなと納得していると、ライゼンが私を向いた。

「わがままを言って良いか」

「ものによる」

「なるべくならエゼルを救い出したい。あの人は俺に最後までついてきてくれたから」

「……たぶん、彼女は喜ばないよ」

「それでも」

私は真顔で武器を失ったライゼンを見上げる。

自分がどれだけ無茶な事を言っているのかよくわかっていて、それでも願う者の顔だ。

こんな顔もするようになったんだな、こいつは。

ちょっとな、それをさせているのが他人って事が悔しいけど。

「俺が瘴泥を引き受ければ、君が魔力を回復させるだけの時間は稼げるだろうから……」

「そこでもうちょっと自分を大事にする案を出せれば及第点なんだけどねえ」

「君が言うか」

呆れた顔をするライゼンに、私はにっと無造作に口の端を上げて見せた。

「あんた勇者の才能あるよ」

「は？」

「……ん？　そうだな、そうすれば良いんじゃん！　っとライゼン下だっ」

自分の言葉にすこーんと天啓が降りてきた私は、面食らうライゼンと共に跳躍する。

飛び上がった瞬間、地面に瘴泥が噴き出していた。

無事な祭壇の瓦礫に降り立つと、ライゼンが聞いてくる。

「どういう事だ祈里？」

「ライゼン、あんたには魔力があっても武器がない。私は武器があっても魔力がない。なら合わせればいいだろ！」

「っ！」

「一緒に勇者をやろうぜライゼンっ」

にっかりと笑って言ってやると、ライゼンが一瞬絶句した。

「皮肉以外の何物でもないだろ!?　それに俺はミエッカをっ……！」

言葉を止めたライゼンが、私を腕にかばった途端、瘴泥が襲い掛かってくる。

そのままぐっと引っ張られる感覚がして、私はライゼンに支えられたまま手を瘴泥へ突っ込んだ。

「浄化ッ！」

「ぐっ」

気をつけたつもりだけど、ライゼンから苦しげな息がもれる。

だがこちらを取り込もうとした瘴泥の腕は引きちぎれた。

自由になったライゼンは、私を抱えたまま祭壇の平たい屋根に降り立つと、焦った顔で言う。

「今の俺は、浄化を苦痛に感じる。前もミエッカに拒絶されたしな……だからぐいぐい持たせようとするな祈里」

「あくまでミエッカを持つのは私で、ライゼンがその上から魔力を流し込んでくれればオッケーだよ。ミエッカには私が言い聞かせるからセーフセーフ」

「いやそれ本当にセーフなのか？　第一俺の魔力は……」

「でもこれしか思いつかないし、賭けに出るしかないだろうっ。はいここ、重ねて！　浄化の後はあんた次第なんだから！」

付け足すと、彼は覚悟を決めたらしく、私の小さな手を包むようにミエッカを掴んだ。

私の指の中でミエッカが抗議するように震える。そんな我が相棒に言い聞かせた。

「ミエッカ、あんたは勇者のために作られた聖剣だ。プライドがあるのもそれだけの性能があるのも知ってる。だからな、もう一回その目かっぽじってよく見てみろよ」

聖剣に目があるのか知らないけども、比喩だ比喩。

「お前が一時でも折れたくないと思うほど、ライゼンは勇者にふさわしくないか！」

叫んだ私は、大きく剣を振り上げた。

身長差があるから、ライゼンは胸の位置で構えるような位置になる。

眼前には、今や巨大にふくれあがった瘴魔の塊が、私達に大きくのしかかろうとしていた。

いつだって人間はちっぽけな存在だ。

それでも誰かを守りたいという気持ちから、色んな奇跡を起こすのだ。

ああでもタイヴァスになんざまったく祈りたくねえな。

それなら、と私は風で流れる銀色の髪を見ながら声を張り上げた。

「〝我が祈るは銀の闇！　清浄を正常へ導く使命において振るいしは勇者なり！　眼前の瘴魔禊ぐため、今ひとたび森羅万象を守護する剣とならん！〟」

途端、背中で膨大な魔力があふれ出し、ミエッカに収束していく。

それはいつもの金色がかった光ではなく、銀と緑の閃光と化して巨大な刀身となった。

ミエッカの柄は熱く脈打っているが、仕方がないとでも言うように大人しい。

さすが長年の相棒、話がわかるぜ！

『ウオォオォオオアアア……‼』

眼前の瘴魔が怒りと悲しみが入り交じった咆哮を上げて、私達を押し潰そうとその巨体をかしがせる。

だがその前に、私とライゼンは同じくらい巨大になっていた剣を振り下ろしていた。

「まずは、正気に戻れよ！」

夏の夜の空の下で、瘴魔と銀の浄化の剣がぶつかった瞬間、あたりに衝撃波が広がった。

嵐のようなそれに吹き飛ばされかかるのを、私とライゼンは踏ん張って耐える。

瘴泥が剣圧で吹き飛ばされ火花のように散り、浄化されていく中でも、瘴魔は私達に手を伸ばそうとする。しかしその手も片端から光となって消滅していった。

でも金色の時の容赦のなさとは少し違う、柔らかな消え方だ。

『アアアァぁあああぁ……!!』

こちらの刀身を削りつつ、瘴魔の質量が半分になった時、その中に顔を覆ってうずくまる、一人の女性の姿がちらついた。

エゼルヴァルアだ、溶け消えてなかった！

「ライゼン、いけ！」

ライゼンの手が離れた瞬間、私にかかる重みが二倍になったが全力で踏ん張る。

勇者なめんなと言いたいところだが、残してくれた魔力があっても長くは持たないなあこれっ！

だが、銀の光の中を飛んでいったライゼンが、再び瘴魔に取り込まれようとするエゼルヴァルアのもとにたどり着いていた。

「エゼルヴァルアっ！　手をっ」

ライゼンの声に反応して、彼女がかすかに顔を上げる。だけどおびえたように身を引いた。

もしかしたら、タイヴァスとライゼンが誰かわからなかったのがつらかったのかも。

全部が無意味だったと知って、このまま溶けて消えたいという想いもあるのかもしれない。

わからなくはない。

ライゼンも彼女の無気力さにひるんだが、それも一瞬だけだった。

すかさず、瘴泥の中に手を突っ込み、沈みかけていたエゼルヴァルアを引っ張り出す。

「これは俺のわがままだ。恨むのなら、俺を恨んでくれ」

呆然とする彼女を抱え上げたライゼンごと、瘴魔が取り込もうとする。

だが、ライゼンがエゼルヴァルアを確保した事で浄化を維持する必要がなくなった私は、ぐっと剣を構え直した。

左足を前に、軽く腰を落として、グリップは薄紙一枚挟んでいるくらいにゆったり握る。

もう、魔王なんざ必要ない。

何千回と繰り出した、勝利のホームランフォームを作ってまっすぐ残りの瘴魔を見据えると、ミエッカを振り抜いた。

「大人しく、世界の、果てまで、ふっとびやがれっ!!」

カッキーン！ とお茶目なミエッカ渾身の効果音と共に、銀の斬撃が瘴魔に襲い掛かる。

核を失った瘴魔は、今度こそ瘴泥をかけらもなく浄化され、銀の魔力を天高くまき散らして消滅していった。

まばゆいばかりの光だが目を焼く事はなく、きらきらと銀の魔力が雪のように舞い散る。

それが落ち着いた頃に、私は瘴魔がいた場所にエゼルヴァルアを抱えて立ち尽くすライゼンを見つけた。

祭壇の上から下りてライゼンに駆け寄ると、彼の髪が銀色から黒へと変わっていき、ライゼンはすぐに力尽きたようにしゃがみ込む。

彼の表情でエゼルヴァルアも生きていると知り、私は息をついて天を仰ぐ。

空の先が白んでいて、朝日が昇ろうとしていた。

その七　旅の目的を果たそう。

やっぱりというかなんというか。

突如現れた巨大な瘴魔と、それを浄化した銀の光はスイマリアの街中で目撃できたらしく、蜂の巣をつついたような騒ぎになった。

だがシスティとアルメリアが迎えに来てくれたために、私は警邏隊と鉢合わせずに済んださ。

正直、魔力も使い果たしていて動けなかったから助かった。

まあそんなわけで丸一日魔力回復に充てた後はスイマリアのある国トンサのお偉方との秘密裏の折衝や、要所に溜まったままになっている瘴泥の浄化にとせっせこ働いていた。

エゼルヴァルアは治療院で拘束されている。

膨大な瘴泥をその身の内にため込み続けていたせいで、体がぼろぼろだったからだ。瘴泥治療で一番のグランツに移送して、治療の後、裁判になるがそれまで生きているかは、うん。

ただルーマ帝国の残党達のほうは文句なしに牢屋にぶち込める。幕引きとしても越権行為を黙認させる名目としても充分だった。

とはいえ、私がやったのは人があんまり来ない所の浄化だけだ。

いやでも適材適所ではあるんだよ。アルメリアはグランツの外交を統括している立場だ。

元はルーマ帝国の巫女様で、国内で生き延びるための腹芸で培った交渉術は神業の一言だ。

あのシアンテに純粋な舌戦で勝てる唯一の人でもある。にこにこ穏やかな微笑みで、相手がうっとりしているうちに交渉を有利に進める天才だ。

それに、今の私美少女じゃん？　まだ諸外国には隠したままが良いだろうって、表だった折衝は全部アルメリアとシスティが受け持ってくれちゃったんだよね。

おかげでシスティの屋敷に軟禁状態だった私は、めっちゃひまだったので。

「さくっと夜這いに来てみた」

「さくっとする事じゃないだろう」

外も暗くなった時分に訪ねると、部屋の主になっているライゼンにげしっとはたかれた。

長期滞在になってるのに、旅慣れているだけあって部屋の中はとっても綺麗だ。

感心してしげしげと部屋を眺めていると、頭の上から大きいため息が降ってくる。

「君のそれは本気か冗談かわからないから心臓に悪い」

切実な調子で言われた私は、おかしさがこみ上げてきて笑ってしまった。

「そういえば決戦前夜も私、夜這いしに行ったね」

思い出して言うと、ライゼンの顔が鮮やかな赤に染まる。

その反応を見れば、ゲタゲタ笑うしかないだろう。

実は私、魔王城に乗り込む前に未練を断ち切ろうと思ってこいつを押し倒したのだ。

あの時は私も切羽詰（せっぱつ）まっていたからしょうがない。

外に聞こえない程度に爆笑していると、なんとか我に返ったライゼンに恨めしげに睨（にら）まれた。

「それを、今、言うのか！」

「なんだよ、私だって無意味に夜這（よば）いをやる事はないんだぞ」

「じゃあ今回の目的はなんだ」

うさんくさそうなライゼンに、私はむしろ呆（あき）れてうっすい胸を張って見せる。

「なに言ってんの。今日が延期になった天燈祭の打ち上げ日だよ」

瘴魔（しょうま）の出現で延期になっていた天燈祭の打ち上げが、ようやく再開されるのだ。

たった数日の延期で済んだのは、沢山（たくさん）の人がこの日を楽しみにしていたためだろう。

「約束は天燈祭を見るまでだっただろう？　まだ寝間着に着替えてないんなら、ささっと脱そ……いや外に出るよ」

「やっぱり脱走なんじゃないか……」

へへん。システィには勝手に旅立たないでほしいって涙目で言われたけど、旅立つわけじゃないからセーフセーフ。

だからあれだ、私が窓から現れて、窓からそっと出るのも深い意味はないのだ。

だって玄関には見張りがいるのわかり切ってるし。

と言うわけで、私はなんだかんだ身支度を調えたライゼンと共に屋敷から脱走をキメて、天燈祭会場へ繰り出した。

天燈祭のメインイベント、天灯(てんとう)の打ち上げは、山頂付近の温浴場が集まっている広場で行われる。その広場までの道中には夜でも賑やかな沢山(たくさん)の屋台と、道にずらりと並び、煌々(きらきら)と灯(とも)るランタンと、沢山(たくさん)の人がいた。

種族は様々だ。おそらく地元住民の他にも観光客が多く訪れているのだろう。

「さー！　ライゼン、あそこにビール！　ビールがあるぞ！　絶対確保だっ！」

「酒ばっかり見つけるんじゃない。せめて腹に入れるものも買うぞ」

「えっ買ってくれるの？　じゃああそこのじゃがバターとなんかどぎつい色をしてる肉の串焼き行こうっ！　あっあそこにめっちゃ甘そうな揚げ菓子売ってるー！　おじさんひとつちょうだい！」

「待て、勝手に走るな、人混みに紛(まぎ)れるな。二度と会えなくなるぞっ」

めちゃくちゃ良い匂いのする揚げ菓子屋さんへ走っていって買っていたら、ライゼンに怒られた。

ついついテンションが上がっちまったぜ反省だ。

「ふまんらひへん。はけどほれほいしいよ」

「……食べていて良いから、俺の服でも握っていてくれ」

「なら手をつなぐか。肩車でも良いぞ」

ごっくんと呑み込んだ私が言えば、ライゼンは面食らった顔になった。

「どうしたん」

「俺に触れられるのが嫌になったのかと思っていた」

「え、あ、あー。ごめん。さすがにどうして良いかわかんなくてなあ」

やっぱり露骨すぎたか、と気まずく笑っていれば、理由を察したライゼンが真顔になった。

「いつから、俺の事を気づいていたんだ」

こりゃまた直球で訊いてくるな。まあもう隠しても意味ないので言うけど。

「いや、悪いけど。私こういう事は飛び抜けて鈍いからさ。気づいてたというか、もしかしてーっていう感じしかなかったわけ。ぶっちゃけ石城迷宮の時なんてまったく頭になかったわ」

「じゃあどこで」

「海から上がってきた時さ。手がやけどしてただろ。そういえばグランツも一度だけそういう事があったなって思い出して、そうしたらこうぼろぼろとつながった」

あの船の上で撫でられた一瞬、その手が赤くただれたようになっているのが見えたのだ。

それは瘴泥を身に宿すものが、浄化を受けた時に陥る拒絶反応みたいなもので。

すぐに消えていたけれど、浄化時の瘴魔や魔王だったグランツにも同じ症状が出ていたのを思い出したのだ。

「なるほどな……」

……本当は、撫でられた感触がグランツと重なったなんて、恥ずかしいから死んでも言わねえ。

「確証なんて何にもなかったもんだから、言うに言えずって感じだったかな。だって間違ってたら嫌じゃん。さあこの話は終わり！　ほれこの菓子うんまいぞ」

「仕方ないな」

さくっと私が差し出す揚げ菓子を受け取ったライゼンは、もう片方の手で私の手を握った。握った、というよりは包み込むといった雰囲気で私はちょっと面食らう。そのまま歩き出した彼は素知らぬ顔で私が渡した、羽みたいな半円状の形をした揚げ菓子を頬張ると目を見開いていた。

「死ぬほど甘いが、うまいな」

「だろ？　甘いはうまいなんだよ。これでワインをくいっといくのさ」

買ったお菓子は薄いかりんとうみたいな歯触りで、表面には粉砂糖がふられている。噛むとぱりぱりと砕けて、練り込まれているらしいレモンみたいな風味と強烈な甘さが口いっぱいに広がった。

素朴でカロリーボンバーだがそこがうまいのだと、私ももうひとつかじっていれば、ライゼンに呆れた顔をされる。

……私は、いそいそと酒のつまみ以外のご飯も買い込んだ。

手分けしてご飯と酒を抱えた私達は、打ち上げ会場とは真逆の下った所にある古びた建物の屋根に陣取っていた。

スイマリアは古い街だから、街中に当たり前のように遺跡が紛れている。

そんな無人の遺跡の一つを拝借したのだ。

みんな考える事は一緒みたいで、あちこちで天燈祭の打ち上げを見るために、色んな人が屋根に上がっているのがおぼろげに見える。

「打ち上げに参加はしないのか。君なら真っ先に乗り込むものだと思っていたが」

せっせと持ち込んだ敷布の上にご飯を並べているとライゼンに不思議そうに聞かれた。

私はちょっぴり気まずい気持ちで視線をそらす。

「あーその。打ち上げる必要なくなったからね」

「どういう意味だ」

「この祭りって、天空神への祈り以外にも死者への鎮魂って意味合いがあるって聞いてたんだ。でもあんた生きてたし」

そしたらいらないよね、と早口で告げた私は、早速ピザの一切れにかぶりつく。

ちょっぴり冷めているけど、具のサラミとチーズのしょっぱさが土台の生地と一緒くたになって、良い感じだぜ。うん、うまい。

いそいそとビールを傾けつつ、ちらと視線を向けると、硬直していたライゼンが半眼で言った。

「どの酒ならもらって良い？」

「え、飲むの？」

「もう君に隠さなくて良いからな。このあたりの瘴泥は綺麗に浄化されているし大丈夫だろう。何よりしらふで話ができるとは思えない」

確かに、気持ちはわからなくはないなぁと、私は赤ワインを分けてやった。

ぐっと、コップを傾けたライゼンが話し出す。

「にしても、あの時の浄化は肝が冷えたぞ」

「え、ミエッカぶん回したやつの事？　自分が浄化されかかるとでも思ったの？　だって魔力を借りたのはあんたからだもん。自分の魔力に傷つくとかないでしょ？」

「君は意外と適当だな」

「ノリと勢いで国作った私に今さら？」

私が呆れ顔をしてみせると、ライゼンが微妙な顔で見つめてきた。

「……あの国の名前、どうにかならなかったのか」

「勝手に死んだ奴が言う権利ありませーん」

何か言いたげなライゼンだったががっくりと肩を落とした。

ふふん国名に関しては全員の意見が一致したんだぞ。まあ気持ちもわからなくはないけど。

薄い胸を張ってみせた私は、ばっと身を乗り出した。

「んで、なんで言わなかったの。ひと月も旅してたのにさ」

「そこはどうして俺が生きているかじゃないのか」

「どうせこう聞けば全部話す事になるでしょ！　さあ、さあ！」

私があからさまに視線をさまよわせるライゼンの顔を追いかけると、彼は諦めたように口にした。

「その。君にとどめを刺された後、気がついたらこの少年の中にいたんだ」

「赤ん坊スタートじゃなかったのね」

「異世界のてんぷらというやつか」

「テンプレだけど、よく覚えてたねそんな用語」

そういやグランツにはせっかくだからと日本の言葉を山ほど教え込んでいた。

いや、待てよ、この少年の中って言ったな。つまりは。

「ここから北へ何ヶ月も歩いていった先にある国で、餓死した少年の体に入ったみたいなんだ。暫くは魔力で生き延びたが、もう一度死ぬかと思った」

「さらっと言うけど壮絶だな？　……その元の体の魂は」

「入れ替わりで冥界へゆくのが見えた。どうしてこの体に吸い寄せられたかは、この少年が『ここではないどこかを旅したい』と願っていた事と、最期の君の言葉が導いてくれたおかげじゃないかと思っている」

私が少し息を呑むと、ライゼンが申し訳なさそうな困ったような複雑な表情で続けた。

「それから俺はライゼン・ハーレイとして十年過ごした。拾ってくれたキャラバンの人達が良い人で、面倒を見てくれた。ただ勇者パーティの皆に教えられた事が役に立ったなぁ」

ライゼンは懐かしそうに目を細める。確かに、シアンテの相場の読み方とか、ムザカのサバイバル講座は即戦力だっただろうな。

「傭兵登録をした後は、少年の願いを叶えるために旅をしていた。だが、やっぱり君が気になって。ようやく踏ん切りつけて見に行けば、小さくなった君がいた」

その時の気分を思い出したんだろう、なんとも言えない顔で見おろされ、私もなんとも言えない気分で見上げた。

「もしかして、あんた初っぱなからわかってたの？」

「……いや、その魔王時代の俺と同じ銀髪と碧眼でミエッカを持っていたからな。正直言うと俺の子供かと思った」

「ぶっ⁉」

私が噴き出すと、ライゼンは焦った様子で声を荒らげる。

「だってどう考えても計算が合うだろう⁉　あの時の俺は、なるべく人間の体を再現しようとしていたんだからな。その後すぐ本人だってわかって言わなかったんだからチャラだ！」

「いや、それでも子供ッ。やる事やったのはわかってたのね！」

「それはわかるだろう！　ムザカさんの猥談に付き合っていたんだからな⁉」

今はグランツで将軍をやってるムザカは、魔王討伐の旅の中では、彼をまるで息子みたいにかわいがっていた。ムザカも当時は荒っぽい傭兵をやっていたくらいだから、そういう話もしてるだろうと思っていたけど。ひーおなか痛い！

げらげら私が笑い転げていれば、ライゼンが慌てて言い訳するのがさらに面白い。

ひとしきり叫んだライゼンは、不本意そうな顔でちびちびワインをなめ始めた。その髪がわずかに灰色がかってき始めている。

「もしかして、酔い始めてる？」

「気分的にはまだ飲める。昔、キャラバンの人達と飲んだ時は、銀色に変わるのを面白がられていた。瘴泥を引きつけると気づいて以降は飲まなくなっていたが」

キャラバンの人達はいい人達だったんだなあ。

酔うとライゼンが意識的にか無意識にか、抑えている魔王の気配が表に出るみたいだ。

いつもよりなんとなく、言葉数が多くなっている気がするし。

ライゼンは、体の向きを変えて私をまっすぐ見つめる。

「だから、な。俺はグランツへは行けない」

昔だったら絶対に明確にしなかった言葉を、彼は口にした。

「俺はもうグランツではないし、今の君に魔王の俺は害にしかならない。今の俺は一介の傭兵だ。この体の持ち主だった少年のためにも、旅を続けたい。もっと世界中を見てみたいんだ」

あの頃とは比べものにならないほど意志を宿した緑の瞳に、私はまぶしさを覚える。

それに、だろうなとは思っていた。この旅はあくまで休暇なのだ。

私もグランツ国へ帰ってまた王様業に戻る。

ライゼンを縛りつける事はできないし、私が旅についていく事もできない。なによりお互いのためにならない。

なにも言わずとも、お互いがわかっている事だった。

話をややこしくしないためにも、アルメリアとシスティにも目撃されていないのを利用して、ライゼンの正体を打ち明けなかったくらいだ。

だけどなあ、昔セルヴァがどうしてグランツが相手だったんだ、って言ってたけど。胸を張って答えられる。

ほらな。やっぱりいい男に育っただろ。

ちびり、ちびりとワインを傾けるライゼンの髪が銀色に変わっていき、徐々にグランツと重なってゆく。顔立ちは違うんだけど、どうしても重なる。

改めてその変化を目の当たりにした私は、胸の奥に封じ込めていた想いがまたほころんでくるような気がして、大きく息を吐いた。

「ライゼン、一発殴らせろ」

「かまわない。君には権利がある」

間髪いれずに承諾されて、かえって私のほうが面食らったけど。

ビールの杯を置いた私は、拳を握ってライゼンの……いや、グランツの顔を見る。

素早く顔から軌道を変えてみぞおちを抉れば、銀髪の青年が呼気を漏らした。

強化魔法使った割と本気の一撃だからな。軌道を変えてやったしな！

私はそのまま、彼に寄りかかった。

自分の銀の髪がさらと顔にかかる。

タイヴァスの口ぶりからするに、私のこの髪色はグランツから移ったものらしい。

勇者を務め上げた人間は、この世界で可能な事ならなんでも一つ願いが叶う。

この世界に刻まれた、管理者の神達でもはばめない法則らしいんだけど、話半分に思っていた。だけど。

「あんたと旅をしたいって、願いをちゃんと叶えてくれた事だけは、感謝しても良い」

硬直していたライゼンの体が緩んで。代わりに鼓動が速くなった。

神様なんて頼りにならないどころか、ひどいばかりだったけど。奇跡だけは信じても良い。

ライゼンの手がためらい、ためらい、私の髪に置かれる。手、大きいんだよな。

「ああ。十年もかかったが。会えて良かったと思う。……再会がアレだったが」

「盗賊掃除しただけだもん。ライゼンこそ回りくどい」

「仕方がないだろう、ロリコン認定されたら社会的に死ぬ。それよりもムートの所の酒、飲んでみたかったな」

水月花（すいげつか）という花を教えてくれた羊飼いの女の子だな。出してくれたチーズもお酒との相性が良くて絶品だったけども。

「あんた飲んべぇの資質があるんじゃない？　……そういえばカルモはあんたの正体知ってるんじゃないの!?　うわひど！　え、待ってもしかしてスランまで!?　もう一発くらい殴らせろ！」

「それは断固として拒否するぞ！　元はと言えば君が無茶をしたからだっ！」

ひとしきりやいのやいの言い合ってお腹（なか）の底から笑ったら、遠くの山に沢山（たくさん）の明かりが燈（とも）り始めているのが見えて、いよいよな事を感じさせた。

私はライゼンの隣に、肩がひっつくほど近くに座る。

沢山（たくさん）の人の祈りがこもった天灯（てんとう）が、今か今かと打ち上げを待っている。

あれが上がったら、おしまいだ。

「楽しかったなあ、ライゼン」

「そうだな。祈里」

楽しかった。本当にたのしかった。

トラブルを乗り越えて、思い切りはっちゃけて、色んな人と出会って、笑ってちょっぴり泣いて。

休暇……とはちょっと違ったかもしれないけど、過去の清算までできたなんて最高の旅だ。

終わってしまうのが、寂しく感じるところまで。ほんとうに。

「まさかさ、二度目に惚れた相手が、同一人物だと思わないじゃないか」

緑の瞳をまん丸にして、こちらを振り向いたライゼンの襟を掴んで、私は顔を近づける。

離れた時には、ぽうと夜空に天灯が放たれていた。

晴れ渡った藍色の夜空に無数の天灯が舞い上がる。

ぽかんとしたライゼンの顔に、かすかな橙の光がよぎった。

夜空には星の代わりとでも言うように、天灯が風に乗ってふわりふわりと広がっていく。

赤みがかった穏やかな光が、様々な人の願いを抱えて天高く昇っていく様は、圧巻の一言だ。

もう、託す願いはなくなったけれど。この絶景を彼と見られて良かったと思う。

「ほらライゼン、すごいよ！　あれ魔法なんて使ってないんだって、純粋に紙と火だけで浮いているんだってよ。ほらよく見なよ」

「……祈里、それはないだろう……」

ぼそりとライゼンが呟いたのは全力で無視した。

あんたの顔が真っ赤なのは天灯の明かりのせいだし、私の顔が熱いのは打ち上げを見られて興奮しているだけなんだから。

「ライゼン！　天灯が、綺麗だよ!!」

念押ししてやれば、深ーくふかーくため息をついたライゼンも、夜空一面に広がる天灯の群れを見上げる。

「ああ、綺麗だな」

「だろ、だろ。ほらまだお酒もあるし、屋台飯もあるから帰り際には抜ける量なら飲んじゃえよ」

「そうする。こうなったらやけ酒だ」

「えーやけ酒ってなにさ、まるで私が変な事したみたいに！　そーだ今までの十年、どんな所に行ってたか話しなよ」

「俺も、君と、あの人達の建国記が知りたい。みんな、あれからどうなったんだ」

ライゼンがワインの瓶を手にとってコップにぶち込み出した。

おいおい大丈夫かよ。

まあ、ウォッカを飲んでもすぐ抜けるんなら大丈夫なんだろうけど。

私に負けじとハイペースで飲むライゼンが心配になりつつも、天灯の最後の一つが昇り切るまで、話は尽きなかったのだった。

こうして、私達の旅は、締めくくりとなったのだ。

☆　☆　☆

夢のような時間だった。

己の荷造りを終えたライゼンは、十数日世話になった部屋を見渡した。

自分がいたという痕跡は一切ない。

いつもなら大して感慨は湧かないのだが、今回ばかりは少し浸った。

彼女との時間は、十年の開きを忘れるほどしっくりときて、けれど新鮮な驚きの毎日だった。

祈里はすでにグランツへ旅立っている。この地で別れる事にしていたのだ。

先に旅立ってくれて良かったと思う。

こんこん、と控えめなノックの後、扉が開かれた。

入ってきたのは金の髪を結い上げて、上品なドレスを身にまとったアルメリアだ。

「あらまあ、こんなに綺麗に片付けるなんて、本当に消えてしまうつもりだったのね」

「聖女アルメリア、一介の傭兵の呼び出しに応じてくださり、感謝します」

ライゼンは、己がかつての魔王である事を打ち明けるつもりだった。

祈里は仲間にも絶対に明かさないだろう。だが、不安定な存在である自分がいつ魔王に傾くかわからない。だから、万が一を考えて、知っている者がいたほうが良いだろうと思った。

それに、彼らなら、彼女に知らせずに自分を処分する事もできるだろうと。

祈里のためになるなら。

一応、酒も用意してある。貴婦人の前で飲むのは気が引けるが、手っ取り早い。

そう考えていたのだが、アルメリアに距離を詰められて面食らった。

しげしげとライゼンを眺めていた彼女だったが、くすりと笑う。

「そんなに思い詰めなくても良いわ。坊や」

ライゼンは一瞬硬直した。グランツだった時代に、アルメリアには坊や、と呼ばれていた。

だがまだ明かしてもいないのに、わかるものだろうか。

「鎌をかけただけなのに、そんなに顔に出してしまったら、肯定しているのと変わらないわ」

ぐうの音も出ないライゼンに、アルメリアはころころ笑う。

「ふふ、わたくしイノリよりも探知能力はずっと高いの。瘴泥に似た気配はするし、あのイノリが明るくてでも苦しそうで……まさかって思ったのよねえ。でも世界の向こうからイノリが召喚されるくらいだし、あり得るかもしれないでしょう？」

しみじみとアルメリアがライゼンを見つめる。彼の顔にはかすかに動揺が覗いていた。

それでもなんとか自分を取り戻したライゼンは本題に入る。

「……なら頼みが、あります」

「駄目よ。ほんとあなた達、周囲に気をつかいすぎるのよ。わたくし達の前に自分達の幸せを考えてほしいのに」

あっさりと拒否されて、ライゼンは困惑する。

「ですが俺は、魔王で……」

「そう、それよね。でもわたくし達には大事な仲間なのよ。イノリも……あなたも。だからわたくしはどちらにも幸せになってほしいの」

ライゼンは息を呑む。

「勇者と魔王は引き寄せられるものだから。いっその事一緒にいちゃえば良いと思うのよ」

悪戯(いたずら)めいた聖女の微笑(ほほえ)みに、ライゼンはぽかんとした。

第三章　荷下ろし編

その一　荷物を下ろそう。

天燈祭までの楽しい休暇を終えて、スイマリアからグランツ国へ戻って一ヶ月と少し。

私は、ただいま、絶賛――

「ひっまあああ!!」

執務室の机に突っ伏してじたばたしていた。が、すぐにぺしこんっと頭をはたかれる。

「埃が舞います、遊ぶんなら私室に帰ってください」

「仕事しに来てるよ!?　なのにあんたが、仕事を回してくれないんでしょーが！」

頭を押さえながらも抗議すると、顔を上げたところにセルヴァがいた。

三十代半ばくらいの枯れ草色の髪をした理知的な顔立ちに眼鏡をかけた彼は、我がグランツ国の宰相である。

彼が私に対して敬語なのは十歳くらい年下だからだけど、こいつの敬語は敬語とは名ばかりのなにかだと思っている。

私が帰ってきた時には、そりゃあもうこってり絞ってくれやがったのも記憶に新しい。

ちなみに帰りは飛竜便で三日だった。空の旅はえげつないが速いんだ。

いや今はそうじゃなくて、説教の後に約一ヶ月分溜まっていた仕事をそっくり押しつけられた時は、ちゃんと鬼セルヴァだと思ったのだが。

それが終わった後は、ほとんど仕事を回してくれないのである。

「すべて終わらせてしまったんだから当たり前です。結局大きな弊害もありませんでしたからね」

「にしたって仕事が少なすぎじゃないか？　前はあーくそー終わらない！　って分量を容赦なく積み上げてきたのに、こんなに机が広々としているのなんて初めてだぞ⁉　仕事させろー仕事ー！」

ばんばんと机を叩いて抗議すると、セルヴァに盛大なため息をつかれた。

「確かに視察や会議は山ほどあるんですよ、あなたが十歳児にさえなっていなければね」

うぐ、と、上げ底クッションの上に座っていた私は、華麗に目をそらし綺麗にくしけずられた銀の髪をいじった。

本日の服は、アルメリアが選んでくれた白いシャツと紺色のワンピースである。ぶっちゃけこのカラーだからどこかの制服っぽい。

システィが選んだゴシックロリータは、ふりっふりのぶりっぶりな凄まじい代物だっただけになおさらありがたい。……ってそうじゃなかった。

私が十歳児になったというのは、ごく内輪だけの周知にとどまった。

正確には建国メンバーと、私を世話してくれる信頼できるメイド達ね。

いやあ、将軍のムザカには爆笑されたし、シアンテには若返りの秘薬になるかって迫られたし、ナキには絶句された後暴走して人体実験にかけられるところだった。

あ、いや今後の研究のためにも多少は協力したけど、ナキを初めて怖いと思いました。

「まあセルヴァの絶句した顔はさいっこうに面白かったな。アレを見れただけでも飲んだかいがあったよ」

「酔った勢いで用法外の飲み方をして面倒な事になってるんですから反省してください」

「へい」

やべえ、まだ怒ってら。

すん、となった私は、おそるおそるセルヴァをうかがう。

「ねえ、まだ対応決まんないの？　もういい加減一ヶ月だよ。ずうっと城にいっぱなしで退屈だし、そろそろ執政もやばいだろ」

セルヴァも私の言葉に一理あると思ったのだろう。まじめに話してくれた。

「ナキを筆頭とした検証班に元に戻る方法を探させていますが、絶望的だと思ってください。というかなんで神霊になってるんですかあんた。天空神殴ったせいで代わりにでもなったんですか」

「なわけないだろー、もし代わりになってたら今頃天界に勝手に上がってるって」

「まあ、あなたを取り込もうと面倒だった神殿も、神の気配が途絶えて右往左往しているようですからざまあみろですがね」

あ、セルヴァ地が出てる。相当お疲れ気味だな。

私がグランツに戻ってすぐナキの精密検査を受けたところ、私はどうも神寄りの人間になっているらしい。

らしい、なのはまったく自覚がないから。

強いて言うんなら、光魔法がなんとなあく前より使いやすくなったくらいだ。

セルヴァにはライゼンの事はすっ飛ばしたとはいえ、タイヴァスを殴ったところまでは話していたから、彼は天空神殿に探りを入れてくれていたんだけど。

それによると天空神タイヴァスは、天界の奥に引きこもっているようだ。

明らかに力が弱まっているっていうのは、私がつけた傷と、私を経由して手に入れていた信仰心が途絶えたせいだろう。神が天界の奥へ引きこもると数十年単位で声が聞こえなくなるのはざらだ。暫くは大人しくしているに違いない。

へんざまあねえわな！

「神霊に近いものになっているとはいえ、人間としての存在が先に立っているようですから成長します。下手に戻る方法を試さずにそのままでいる事が最も安全で最も穏便だと言われました」

「つまり私この城にいる限りお酒飲ませてもらえないって事⁉」

システィを筆頭にメイド長達によって、ぜんぶアルコールを取り上げられてしまっているのだこんちくせう。

私がよほど絶望顔をしていたのだろう、セルヴァはちきりと眼鏡を直しつつ言った。

「ナキも、あなたの体は人間ではなく肉体のある半精霊のような状態だ、と伝えたのですがね」

「だろー。今はもう体がなじんでるし、食べる量も飲める量も変わってないっていうのに、子供に見えるだけで全部取り上げるのは横暴だ！」

「常日頃から、あなたの酒量を減らしたいと言ってましたからね。メイド長が協力しているのであれば、諦めるしかありません」

「ふえーん。おーさーけー。せめてしごとさーせーろー！」

執務机に突っ伏して再びじたばたを始める。

と、資料をまとめていたセルヴァがなぜか目の前に来た。

そういえば今日分の打ち合わせも仕事も終わったんだし、さっさと帰っているはずなのにな。

頬杖をついたまま、私が胡乱に見上げると、彼は幾分改まった調子で言った。

「その、あなたが共に旅したという青年、ライゼン・ハーレイでしたか。聞けばずいぶん優秀な傭兵だったらしいじゃありませんか。あのシスティですら一目置いていたと聞いていますが」

「システィが話すなんて余程気に入ってたんだなあ」

「うちに引っ張って来れば良かったじゃありませんか。あなたと約ひと月旅ができたくらい気が合ったのでしょう。それほど将来有望なら、ムザカは喜んで面倒見たでしょうに」

まあ、いつでも優秀な人材を求めているセルヴァなら聞いてこないわけがないわな。むしろ遅かったくらいだ。

「あいつは世界中を旅したいんだってさ。だからグランツには来ない」

「もっと別の理由があるんじゃないですか」

セルヴァの追及に、私は真顔で彼の眼鏡の奥の瞳を睨んだ。

結局、ライゼン＝グランツだというのは誰にも言わなかった。

アルメリアは黙っていてくれるかもしれないが、システィは間違いなくセルヴァに報告し、暗殺部隊が組まれる事になる。

だからライゼンの事は、私の胸の内ひとつにしまっておく事にしたのだ。

だから、私一人で瘴魔（しょうま）を浄化した事にしているはずなんだけど。

「それ以上の意味なんてあるわけないだろう」

「……自分で気づいてないんですか。今のあなたは十年前と同じ顔をしてますよ」

さすがにぎょっとして、私は自分の顔に手をやった。もち肌だが触っても表情はわかんないな。

セルヴァはやっぱり気がついてなかったのか、と言わんばかりに息をつく。

「そんなに元気なさそうだった」

「むしろ逆です。元気に見えるように明るく振る舞いすぎていました。あなたが気を紛（まぎ）らわせるためになにかへ猛烈に没頭するのも癖ですからね」

「……隠していたつもりだったんだけどな」

決まりが悪くて頬を掻（か）くと、資料を机に置いたセルヴァがどこか遠くを見るような眼差（まなざ）しになる。

「あの頃はそれが必要でしたし、時間しか解決方法がありませんでした。睡眠と食事だけは取らせた事が懐かしい」

「いやあれ、普通に一服盛ってただろ」

私が半眼になっても、セルヴァはぎゅっと眉間（みけん）に皺（しわ）を寄せて真顔で言う。

「その青年に、恋をされたんですか」

「……したよ」

「あの死ぬほど鈍感意地っ張り女が、ここまで素直になりますか」

「をいてめえ言って良い事と悪い事があるだろうが」

扱いひどすぎやしねえか。そうぶすくれる私だったがそれでも、腕を組んでセルヴァを見上げる。

「だがな、一つ言っておく。私が王だから周囲に優遇させようとする行為を私は許さない。本人の意思に関係なく徴用しようと言うんなら、私はあんたを厳罰に処す」

「あのですね、あなたこそ私を何だと思ってるんですか」

「グランツ守るためなら手段を選ばない鬼畜宰相、愛妻家で子煩悩な愛すべき我が親友殿だが」

「返答に困る評価をありがとうございます！　……そうではなく。私だって、グランツをかわいがっていた一人なんですよ」

頬を真っ赤にしたセルヴァの言葉に、私は反射的に机に飛び乗った。

そしてセルヴァの襟首をひっつかんで引き寄せる。頭の芯が冷え切っていた。

「をい、なんでてめえがそれを知っていやがる」

私は、ライゼンの話をしていないのだ。

セルヴァは若干苦しそうな顔をしたが平静に言った。

「アルメリアが、彼に直接聞いたと言いました」

「つあの馬鹿ッ」

自分で自分の首絞めてどうする⁉　ここにはいないライゼンに毒づいていると、襟元を整えたセルヴァに恨めしげに言われた。

「あなたのその乱暴な言動のおかげで、性別を見抜かれなかったんでしょうね」

「うるせえ、これだけ小さくなっちゃごまかすものもごまかせないやい」

ふて腐れて、机の上に座ったまま頬杖をついたが、頭が冷えた私は気が気じゃない。

セルヴァの考えがまったく読めなかった。

焦り（あせ）を抑えながらも身構えていれば、彼は普段通り問いかけてくる。

「で、イノリ。落（お）とし胤（だね）説と死亡説。どっちが良いですか」

「いや脈絡ないな？」

「ではこちらの資料を見てください」

コンマ三秒でつっこんだ私の反応を予測していたように、セルヴァが粛々（しゅくしゅく）と持っていた資料を渡してくる。用意周到だなあ！

呆れ（あき）つつももらった紙をなにげなくめくってみて、固まった。

相も変わらず、セルヴァの説明資料は数枚でまとまっていて、めくるだけでだいたいなにを提案しようとしているのかよくわかるのだ。

そんな資料には、彼の言った落（お）とし胤（だね）説と死亡説のメリットとデメリットが併記（へいき）されているが、一番上のタイトルは。

「勇者王の影響力を分散させるための計画？」

「はい。あなたとずっと話し合っていた計画を実行し、あなたが少女である説明をつけるのに良い形を考えた結果です。まず落とし胤説。十年前にあなたが寵愛した女がおり……」

「私子作りできないんだけど」

「表向きは男だったんですから問題ありません。続けますよ……その女が娘を産み落としていた事が今になってわかったあなたは、矢も盾もたまらずに娘を引き取りに行った。そして片時も離さず執務室にも連れてきます。この場合、影武者を隠れ蓑にあなたには執政を続けていただきます」

前半はともかく、影武者を立てるのは私も考えていた事だ。システィの部下の中には、私と背格好のよく似た信頼できる人材がいる。

だが、私が目を奪われたのは次の項目だ。

「そして次の死亡説は、勇者王は病床に伏し、頃合いを見て死亡を発表します。その後、勇者の落とし胤である少女が発見される事となります。ですが我々は放浪の民であった少女の意思を尊重し、今まで通り旅を続ける事を許し、その代わりに一人の護衛役を付けるのです」

護衛役、の部分に私はぎゅっと眉を寄せた。

セルヴァが考えている事がわかって、それがなぜなのかわからなかったから。

胸の中で荒れくるう感情が理解できなくて、セルヴァを睨み上げる。

「今さら、私をお役ごめんにするって事？」

「はい、その通りです。幹部達からも同意はとれています」

淡々としたセルヴァの言葉が、くん、と胸に突き刺さった。

痛い、というのもあるのだけど、心の中にもっと多くを占めるものがある。

だけどあえて無視して大げさに驚いた顔を作った。

「いつの間に!? 私が美少女になったからって差別だ差別！」

「あなたが少女になったから追い出すのではありません。その程度、神霊となった事を公表すればかき消えますし、むしろより一層、強国とするための強力なカードにする事もできます。……ですが、あなたは二度と逃げられなくなるんです」

私が茶化そうとしても、セルヴァは変わらないもんだから、自然と黙り込まざるを得なくなる。

「以前からあなたは言っていましたね『自分が死んだ後この国が崩れそうで怖い』と。確かにあなたがいなければ、この国がここまでまとまる事はなかった。そしてこのまま長い時あなたの執政に慣れた国民は、有事には必ずあなたにすがります。それこそ万能の神のように。それは私が目指す国の形ではありません」

ルーマ帝国は、一人の愚王による長い治世が原因で腐敗し、終焉を迎えた。

セルヴァはそんな悲劇を起こさないための国造りをしていて、私はそれを実現させる手伝いをしていた。

だから、王政で動いている今のグランツは完全な形ではないのだ。

「今回の件は個人的には思うところが多々ありましたが、それでもあなたに頼らない国の運用法を考えるきっかけとなりました。私達は……いえ、私はあなたに頼りすぎました。選ぶ余地のないあなたに甘えて巻き込んだ」

「それは私が選んだ事だぞ、セルヴァ。君達と頑張ったからこそ、私はここでも故郷を得る事ができた」

「ええそれはわかっています。ですが、あなたは執政よりも、穏やかに暮らしたかったのでしょう」

知られているとは思っていなくて、私は目を見開いて気づく。

セルヴァがぎゅっと眉間に皺を寄せているのが、激情をこらえているせいだと。

召喚されて常識を教える教育係として付けられて以降、彼とは勇者時代も王様時代も何度も衝突して、色んな苦難を乗り越えた。

男とか女とか取っ払って親友だと思っている。

でも、私をそんな風に考えていたのかと驚いた。

「私はあなた方に幸せになっていただきたいと思いもするんですよ」

どうしますか。とセルヴァに問われて私は沈黙する。

もう王様をやらなくても良い。そう言われて脳裏を駆け巡るのは、開放感と、外への渇望だ。

森の中や初めて訪れる街で寝起きするわくわく感、初めて見る景色、未知のものに出会う昂揚。

この世界に来て初めて知った、旅に対するあらがいがたい魅力があった。

私がうずうずしているのがわかったんだろう、セルヴァはやんわりとした苦笑を浮かべる。

「元々、あなたには国という枠が狭いんでしょう。なんだかんだ魔王討伐時代のほうが生き生きしてますからね」

「……でも、今さら王様やめてどうしろって言うのよ。あいつは傭兵だよ。しかもスイマリアで別れてどこにいるかもわからないのに」

あいつが旅の道連れになってくれるかもわからないのに。

だがセルヴァはそこもきっちり考慮に入れていたらしい。

「ライゼン・ハーレイには条件を出しました。もしこれからも縁をつなぐ気があるのなら、金級を取ってこいと」

は？

「私を置いてまた勝手な事を！」

「勝手に出ていったんですからこれでおあいこです。そもそも勇者王の娘となるあなたの護衛とするんですから、それなりの実力の証明が必要ですしね」

「いやにしても金級って……」

傭兵ランクの金級といえば、大陸中で数えるほどしかいない存在だ。

確かにソロで銀級に上がるだけの実力があったとはいえ、まだ二十歳になったばかりの青年に課すにはかなりのハードルじゃないか。

いや待て、私、どっちの味方したいんだ？　思考の矛盾に困惑していれば、セルヴァが計算がはまった時のかすかにあくどさの滲む笑みを浮かべた。

「つい先日。奴が金級に上がったという報告が上がりました」

「はあっ⁉」

「ええ、二日前に知らせがありましたから。数日はこの街に滞在するらしいですね」

まさかのこの国にいるとか予想外なんだけど⁉

思わず身を乗り出したが、机に乗っていたのを忘れて思いっきり落ちる。

受け身は取ったが、手放した資料が宙を舞う。めちゃんこかっこ悪い。

それでも私の頭はサクサク逆算していた。

別れたのが約一ヶ月前、そこから一番近くの試験可能な支部が隣の国で、そこから試験を始めたとしても、金級の試験って特殊部隊並みに過酷じゃなかったか……って嘘だろライゼン一体なにやってんだよ⁉

あまりの過密スケジュールに絶句していれば、セルヴァが眼鏡の奥に嬉しいような寂しいような、そんな色を宿す。

「あとは、あなたの判断に任せます。そろそろあなたの存在を隠す事も難しいのでお好きなだけ悩んでくださいとは言えませんが」

「セルヴァ……」

心が一杯で、胸が一杯で。

どうしたいかなんて今すぐには決められない。

でも何か言わなきゃと思ったら、こぼれた。

「い、いいの」

私の迷子みたいな声に、セルヴァは呆(あき)れた顔をした。

「今さらなにを言ってるんですか。勇者王ともあろう方が。いつだって勝手に突っ走っていったくせに」

「そりゃあそうだけど。私がいない内にここが攻め滅ぼされてましたーとかなったら泣くくらいにはこの国、好きだよ」

だから、あいつの名前をつけたのだ。

そうしたらセルヴァは眼鏡の奥で、心底不本意だと言わんばかりに眉を上げる。

「それこそ心外です。我が軍にはムザカ将軍に鍛えられた精鋭がいますし、そうでなくとも、ナキ・カイーブの作り出した技術と、シアンテアレアの作り出した経済基盤は強固です。システィによる情報収集は万全の一言。我が妻アルメリアのおかげで外交も問題なし。戦争ですら未然に防いで見せましょう。新たにカルモ・キエト氏によるエネルギー源の開発も、アンソルスラン殿を通じた海洋への外交ルートも開けましたしね」

「そ、そのカルモとアンソルスランの件は一段落させたからさ」

そういや押しつけたの半ば頭から抜けてたわ。と冷や汗をかいていると、セルヴァがひどく優しく表情を緩ませた。

「あなたが残っても、旅立ったとしても。グランツがあなたの故郷である事は変わりません。……――とっとと無職になりなさい。ああ、次は定期連絡を忘れないでくださいよ」

「ひどいなあ！　セルヴァは」

セルヴァの後ろに仲間達の面影を見た私は。

目尻からこぼれかける熱いものをこらえながら笑ったのだった。

その二　もう一度旅立とう。

数日後の夜。私が雑多に物を入れているクロゼットを開けると、前の旅で使っていた荷物一式と、真新しい旅装が入っていた。しかも現ナマと為替(かわせ)まであるじゃないか。

荷物の中身が綺麗に手入れされているのはメイド長かな。服のほうは落ち着いた趣味からして、アルメリアが用意してくれたのかもしれない。

手入れされているナイフはムザカだな。あいつは武器や防具の手入れはやたらと器用だから。

お金は……うわあ。勇者王業で稼いだお給料の総額ってこんなになるの怖っ。

しかも勇者王ともその娘とも違う名義で口座を作って放り込むって、どれだけ用意周到なんだよシアンテ。

ここまであからさまにこっそりやられちゃ、行くしかないじゃないか。

しのび笑いを漏らしつつ私は暗い部屋の中でせっせと身繕(みづくろ)いをし、最後にミエッカと荷物を背負って窓を開ける。

「じゃあシスティ。行ってくるね」

さすがに隠れている場所まではわからなかったけど、すすり泣く声が風に乗って聞こえた。

それでも出てこない彼女に笑みを一つ残して、私は夜明けの一番暗い時刻に飛び出す。

アルメリアには、昼間に別れを言ってきた。

まあ、セルヴァにはああ言われたけど、そりゃあ悩んだからさ、今回のもう一人の首謀者だろうアルメリアには話を聞く義務がある！　といった感じで山ほどの恨み言と愚痴と迷いを語り倒した。

彼女は、いつものごとく穏やかに頷いて聞いてくれたのだ。

アルメリアと今のライゼンの話をしたのは楽しかった。こんな風に話せる日が来るなんて思わなかったし。

ただ、アルメリアの家に滞在していたライゼンはもういなかった。というか滞在していたのかよ。

『あの子、本当に何にも変わっていなかったわ。あなたとおんなじ。自分で納得して行動してしまうの。散々引き止めたのに、屋敷からは出ていってしまったわ』

そうだろうと思っていた。

セルヴァはあの馬鹿は！　と怒っていたが、笑った私はそれでも旅に出る事にした。

いやだって、生きている事はわかってるんだし。この空のどこかにいるならいつかは会えるもの。

なにより、私とあいつは元とはいえ勇者と魔王。

会えるに決まっているのだ。

「とはいえ、あいつはどうするものかねえ」

薄明かりが差してきている城下街をぽてぽてと歩きつつ、私は腕を組んで考え込む。

いやこの間はヒャッハー状態で走っていたもんだからペースが違うし。

あはは、真面目に考えてる。やっぱり会いたいのかな。いやでももう一度会うのも結構怖い。

悪いか、アラフォーは変化に追いつくのが苦手なんだぞ。

良いのだろうか。ライゼンは望んでくれているのだろうか。

いつもより考えすぎて、足が止まってしまいそうだ。……やっぱり引き返そうか。

そんな時、ぷうんと、良い出汁の香りがただよってきた。

きょろきょろと見回してみれば、ちょっと先に、屋台のそば屋ののれんを見つける。

たぶん、早朝仕事へ行く人達を当て込んでいるんだろう。

え、なんでそばがあるかって？　そばと出汁つゆが作れたからだよ！

秋から冬になる今は、早朝だと肌寒い。メイド長が用意してくれたマントは暖かいけれど、やっぱり温かいものが恋しくなるんだ。

ちょうどぐう、とお腹が鳴る。そういえば朝ご飯は食いっぱぐれた。

「……とりあえず、そばでも啜るか」

そばつゆの匂いに釣られて、私はのれんをくぐる。

「たいしょー……」

注文をしかけたが、先に入っていた客を見て言葉を止めた。

そこにいたのは、黒髪にちょっとくたびれた旅装をした、二十代くらいの青年だ。

信じられないとばかりに、ぎょっとするほど鮮やかな緑の目を見開いている。

肩にタオルを引っかけた無精髭のおいちゃんが、ひょいと脇から顔を覗かせた。

「あいよーう。……っておんやまあ、ずいぶんちびっこくてべっぴんな嬢ちゃんだ。親御さんはどうした」

「今保護者を見つけたから問題ないよ。と言うわけできつねそば一杯」

「はい、よぉ？」

おいちゃんは私とライゼンを交互に見て、不思議そうに首をひねりながらも作業を始める。

驚きと戸惑い（とまど）と後ろめたさがない交ぜになった顔をしたライゼンが、ずるっと啜り（すす）損ねていたそばを啜（すす）った。

私はちょっとむすっとしつつその隣に座る。

いやどんな顔したら良いのかわかんないし。

話すきっかけをうかがっていると、おいちゃんがすぐにそばを出してくれた。

はっや！　さすがその早さで人気が爆発しただけあるわ。

感心しつつ、私はほかほかと湯気（ゆげ）の立つそばつゆの香りに心を奪われた。

グランツで流行（はや）って定着したそば屋は、ほとんど地球と変わらない。

まあかつお節じゃなくて、カツゥオっていう魚から取った出汁（だし）なんだけど、それ以外はそば粉で打った麺（めん）だし、具のネギやあげ玉も遜色（そんしょく）ない。

きつねそばにしたから、しっかり出汁（だし）を含ませたあげが載っていた。これがうまいんだ。

そばを受け取った私が小銭を払うと、おいちゃんはなぜか簡単に屋台を整理し出した。

「おふたりさん、俺ぁちょいと一服休憩してくるからその間店番頼むな。用足しも行くんでだいたい三十分くらいかねえ」

「え、あ、うん」

面食らった私が返事をするやいなや、ささっと早朝の道へ出ていってしまう。

もしかして、と思っているとライゼンがぽつりと言った。

「気をつかってくれたのだろうか」

「十中八九ね。これはちょっとばかり申し訳ない気がする」

「そうだな……とりあえず、うまいうちに食べると良い」

ライゼンに促されて、私は備え付けの箸をとってそばをたぐる。

髪が邪魔にならないようにちょいと耳にかけて一口啜れば、そばつゆの豊かな香りと甘っ辛いつゆが絡んだそばが口いっぱいに広がった。

噛めばそばの素朴な味わいが、こくりと喉を通せば温かさが胃の腑まで落ちていく。

うわあ、やっぱり屋台からただよってきた香りの通りうんめえや。載っているおあげもかじると甘いつゆがじゅわっとしみ出してくる。

ほうと息をついてそばをたぐりつつも、やっぱり気になるもので。

私はちらりとライゼンを見た。

「なんでここにいるの」

「……どこへ行こうか迷っている内に夜になってな。腹が空いたと思ったらそば屋を見つけた」

ほぼ私と同じじゃねえか。

「金級に、なったんだって？」

「ああ」

ちゃり、とライゼンが懐から取り出したのは、金色に輝くプレートだ。

これだけで、傭兵ギルドがある街なら、貴族並みの待遇を受けられる代物である。

「いくら何でも早すぎない？」

「元々金級昇格の話はもらっていたんだが、実績が足りなくてな。そしたらセルヴァさんが『勇者王の親類の警護』を内々に依頼した報告書を書いてくれたんだ」

「セルヴァが？」

あの贔屓なんてまったくしない査定の鬼なセルヴァが？

ライゼンも器に残ったそばを啜りつつ、なんとも言えない曖昧な笑みを浮かべた。

「ああ、非公式なものだったから実績には数えられないがな。問題だった瘴泥を引き寄せる体質は、ナキさんが作ってくれた護符でなんとかなった。ちょっと、いやかなり死ぬかと思ったが、おかげで金級昇格試験は受けられた」

ナキー!?　最近ちょっと死んでると思ったらそういう事かー!!　いやそうじゃなくて。

「あんたが死ぬかもなんて思うの割とすごいんじゃない」

「試験官の一人がムザカさんだったんだ」

「うちの将軍なにやってんだよ傭兵業足洗ってるだろーが」

そういや半月くらい前に、「知り合いんとこ行ってくるから休暇取る」って言ってやがったけどそ・れ・か。

みんなフットワーク軽すぎじゃねえ⁉　というか、どれだけ私に隠していやがったんだよ、しまいにゃ泣くぞ。

「ついでにここに来るまでに使った飛竜便は、シアンテさんが手配してくれた」

「あいつらが、手を組んだ、だと……⁉」

いや、そうでもしなきゃこの過密スケジュールがこなせるわけがないんだが。

それにしたってあの死ぬほど仲の悪い二人が協力……と言うほどではなくとも邪魔をしあわなかったのがすごすぎる。

「あとムザカさんに褒められたんだ。強くなったなって。お互い知らない振りをしたが、それでも君の事を沢山聞いた」

ライゼンの表情には少し罪悪感が混ざっていたけれど、雰囲気は柔らかい。

「一度、世界を滅ぼしかけた罪は重いと今でも考えている。世界中から批難されて当然だろう。それでも俺は会えて良かったと言われて、嬉しかったんだ」

「当たり前だろ、私だって良かったと思っているよ」

「ありがとう」

ライゼンは今度こそ嬉しそうにしたけれど、私のほうを向いた時には真摯に顔を引きしめていた。

「これ以上贅沢を望むまいと、思ったんだが。あの天燈祭の日。言わなかった事があるんだ」

「なに」

「君のわがままに付き合うのは俺でいたかった。君ともっと共に過ごしたかった。君の魂を守りたかった」

ずる、と私が啜ったそばから落ちたつゆが、どんぶりの中に波紋を広げる。

ライゼンの顔が見られなかった。

「だが、どうしても俺は、今の俺を作ってくれたこの体を裏切れなかった。それは君に謝りたい」

「考えなしにグランツに来るって言ってたらぐーで殴ってた」

「それは嫌だな。君の拳はかなり効く」

そらそうだ。十年以上鍛えた勇者パンチだもの。

もうさなにやってるんだよ、うちの幹部達。色々ぶっちぎりすぎてねえというか。

全部事後承諾なの、どうせ私に言ってからやったら拗ねて意地張って王様業続けるって言い張るとわかってたからだろう!?

あーもーぜったい！　文句言ってやるっ。後で！

心の内で文句を吐き出しなんとか気持ちを整えた私は、箸をいったん止めてライゼンを見上げる。

「あのさ、私。無職になるらしいんだよ」

「ああ、らしいな」

「代わりに勇者の娘なんて肩書きになるらしいの」

「……それアルメリアさんから聞いたが本当だったんだな」

「本当だよ。落とし胤を勇者王が探しに行った事になってるから、あんたが産んだ事になるはず」

ライゼンがすんげえ珍妙な顔になったが、私はかまわず続けた。

「でもさ、貴族様の礼節とか今さらまっぴらごめんだからとんずらかまそうと思うんだけど。外見十歳児だと旅先でめちゃくちゃ苦労すると思うんだよね」

我ながらものすごくわざとらしいなと思うが、ライゼンは即座に察した。

「今ならここに金級になりたての傭兵がいるが」

「雇うの高いじゃないか」

「なら旅の道連れでどうだ」

私達の旅の始まりと同じやり取りだ。このままなぞるのも良い気がしたけど。頬杖をついた私は、やんわりと微笑みながら聞いた。

「ねえ、また兄妹になるの？」

「それは……」

ライゼンがあからさまに目を泳がせる。

いやでも譲る気ないよ？　答えはもらったようなものとはいえ、私も一区切りつけたいもので。

あーうーと悩んでいたライゼンだったが、ようやく絞り出した。

「その答えは、五年後で頼めないか」

「えーなんで!?」

答えに納得できずに、私がばんばん机を叩くと、ライゼンも負けじと言い返してきた。

「君の外見は十歳なんだぞ!?　どうこう考えられるわけないだろうが！」

「それどうこうなりたいって言ってるようなもんじゃない」

そばの湯気にやられただけじゃなく、ライゼンの顔が真っ赤になる。

平静に言い返した私も、顔にじんわりと熱が集まるのがわかる。

ごまかそうとそばをたぐろうとしたら、綺麗さっぱりなくなっていた。くそう、おあげがうまかった気しかしない！

ぐぬぐぬと黙り込んでいると、ちょうど煙草をくわえたおいちゃんが帰ってきた。

「よう、二人とも。なんだかいい顔をしているな。話はまとまったか」

「旅に出る事にした」

比較的マシな私が答えて立ち上がると、ライゼンも同じタイミングで立ち上がる。

荷物はもう準備してある。あとは行き先を決めるだけ。

「世話になった」

「おいしかった！」

「今度グランツに戻ってきたらまた食べに来てくれ」

おっちゃんに見送られた私達は、街門を目指して歩き出す。

「今度はどこ行こっか」

「そうだな、実は大陸外にはまだ出た事がないんだ」

「あ、私も行った事ないや。それで決まり！　途中でムートの所とかカルモの所とか寄れるんじゃない」

「それは良いな。……ああ、そうだ祈里」

「なに」

立ち止まったライゼンに合わせて私が止まると、ライゼンがかがんできた。

彼の伏せられたまつげから、緑の瞳がしてやったりと言わんばかりに笑むのまで、ぽかんと見つめる羽目になる。

「こういう事ではあるからな。……この間のお返しだ」

「……こんっの！」

今、それを、やるか!?

再度真っ赤になった私に、ライゼンが年相応の笑い声を上げて先へ歩く。

このやりきれない感情をなだめるために、私はその背中に強制おんぶタックルを決めてやった。

グランツ王都の空は、今日は快晴。なかなかの旅立ち日和になりそうだった。

終話　ある踊り子が出会った話

勇者王の訃報はグランツ国から遙か東にあるここ、マルマラ王国にも届いていた。

アセナは偉大な王であるスルタンのための女の園……ハレムの中でそれを知る。

グランツ国は良い所だったと彼女は振り返る。放浪の民だったアセナの舞踊を気に入って祝儀をはずんでくれる人が多かった。

なにより、アセナの誇りは勇者王の前で踊った事だ。

黒髪に黒目の中性的な容貌の彼はお忍びで来ていたらしく、はじめは変わった髪色の旅人だな、と思っていた。

けれど当時、絡まれていたヤクザ者から助けてくれただけでなく、小さな劇場で踊っていた未熟なアセナを褒めて祝儀をはずんでくれたのだ。

『故郷で流行っていたダンスを思い出したよ』と言って。

後で、その青年が勇者王だと知り、再度驚いたものだ。尊い身分の人間があんなに気さくに接してくれるのかと。

アセナにとっては初恋に近かったと思う。だからいつかもっと上達したら、もう一度勇者王の前で踊る事が目標だったのに。

「なんで、こんな所に閉じ込められているのよ。馬鹿あたしぃ……！」

アセナは自分の栗色の髪をくしゃくしゃにかき混ぜた。

これでは葬儀に出るどころか、グランツ国にも行けやしない。

彼女が着ているのは、この国特有のゆったりとした衣服だ。

見知らぬ舞踏を学ぼうとマルマラ王国に渡ったアセナは舞台で重宝されていたが、ある日貴族に騙されて珍しい異国の女として、ハレムに献上されてしまったのだ。

ハレムでスルタンの寵愛を得られれば贅沢が望めると言われたが、アセナの喜びは多くの観客を自分の技で魅了する事だ。

好きでもないたったひとりのために踊る毎日なんて冗談ではなかった。

しかもこの国のスルタンは魔神と呼ばれる精霊の力を借りて治世を行っており、ハレムの女はその魔神に捧げる生贄でもあるのだ。

人々は魔法使いが束になってもかなわない凶悪な魔神を恐れ、それを従えるスルタンの怒りを避けるために頭を低くする。

どんなに理不尽でも貧しくても、文句や不平を魔神に聞きとがめられたらたちまち火あぶりだ。

華美で豪奢で壮麗な檻。それがハレムの正体だった。

そして、アセナは数日後にスルタンのために開催される宴で踊る事になっていた。

「逃げ出したい……うまく踊って気に入られてもスルタンの慰み者。気に入られなかったら魔神の生贄。詰んだ、これほんとに詰んだ」

アセナがうあぁぁとその場にごろごろと転がっていると、呆れた声が響いた。

「練習しないんなら帰って良いか」

「ああ帰らないで、下手な芸を見せるのも大却下なんだから！」

ばっ、と顔を上げると、そこには自分付きの宦官イスハークがいる。男の大事なところを切り落とされた彼らは、女しかいないハレムでは貴重な働き手だった。

普通の男性より線は細いが引きしまった体つきに色の白い肌をしており、見えている顔は気品のただよう美貌だ。これだけ容姿が整っていると上級妃のお気に入りにされていそうなものだが、顔の右半分がやけどでただれて醜くなっており、それを白い布で隠している。

本人の愛想のなさも相まって、後宮内では遠ざけられている存在だった。

時々行方知れずになり勤務態度も良いとは言えず、アセナもイスハークの言動にはかちんと来る事もある。だがそれを補ってあまりあるほど、彼の演奏の腕は確かなのだ。

彼の演奏で踊るのは、いつもより数倍楽しい。

本来のアセナであれば舞踏の練習ならいくらでもしたいし、寝食も忘れる事すらある。

だが今日ばかりはその気になれず、ただ嘆きたかった。

「うあああ、なんで勇者王様亡くなられてしまったんですかあぁ……」

「……そんなにいい男だったのか、勇者王とやらは」

話を振ってきたイスハークにアセナは驚いた。

再びはっと顔を上げてそちらを見ると、ぶっすりとした顔は変わらないが、気になる様子で見つめ返されている。

珍しい事もあるものだと思いつつ、アセナは勢い良くまくし立てた。

「そりゃあもう！　彼がちっちゃい頃のあたしの舞踏を褒めてくれたから今があるんだもん。何より魔王を打ち倒し、その慈悲深さで色んな種族が集まる多民族国家？　って言うのを打ち立てたの、すごいでしょ！　決まり事さえ守ればあそこはあたしみたいな放浪の民でも温かく迎えてくれる、良い国なんだよ。なにより物腰は柔らかいし、イケメンだし強いし、なのに偉ぶらないで、あたしを気づかってくれたすごいお人だよ。パトロンになってくれるんならああいう人が良いねえ」

「パトロン……？」

「後援者の事さ。勇者王様みたいな人はきっとあたしを技術で評価してくれる。色を持ち込まないでくれる人って貴重なんだよ」

どうしても踊り子や歌姫はそういう存在として扱われてしまうものなのだ。アセナにも自然とかぎ分ける鼻が身についてしまった。

その中で勇者王はとびっきりいい男で、初対面でも身構える気も起きなかった不思議な人だ。

もう黒髪の精悍(せいかん)な彼を目にできないのが、やっぱりびしょびしょに泣きたくなるほど悲しいが。

今は自分の事をなんとかしなければ。

軽く目を見開くイスハークに、アセナはにっと笑って立ち上がった。

「じゃあ一曲よろしく！　あなたの曲だと踊りやすいの！」

無愛想なイスハークは、小さく息を吐いて弦楽器を構える。

アセナにできるのはこの身で表現する事だけだ。ならばそれを研ぎ澄ませてから次を考えれば良いだろう。

イスハークが曲を奏で始める。彼の演奏は好きだ。

そんな事を考えつつ、たん、とアセナははじめの一歩を踏み出した。

気がついたら演奏が終わっていた。

どっとアセナに現実が戻ってくる。ぼたぼたと床に汗が滴(したた)っていた。

体のキレは良いが、これを見せる相手が微妙なのが悲しい。とはいえ、観客を選べる事は稀なのだ、いつだって全身全霊を込めて舞うだけだが。

そこにぱちぱちぱちと、盛大な拍手が響いてきて面食らった。

「すっごい！　すっごい！　かっこよかった！　すごく美女だった！　……て、あーっ‼」

アセナが顔を上げると、それは美しい少女がいた。

穢れを知らない雪みたいに白い肌に、興奮に赤く染まった頬は愛らしく、熟練の細工師が丹精を込めて仕上げたような繊細な容貌は儚げですらある。月の光を寄せ集めたみたいな銀髪が、それに拍車をかけていた。

しかし最高級の緑柱石と見紛う緑の瞳は快活な生命力にあふれており、それが彼女が生きている者であると知らしめると同時に、より魅力的に見せている。

少女特有の華奢な肢体をこの国特有の丈の短い上着と、薄い紗を重ねたスカートに包んでいた。年はいっていても十歳をいくつか超えたくらいだろう。だがアセナは少女に圧倒される。

イスハークも彼女の入室には気づいていなかったらしく、驚いたように少女を凝視していた。

驚きから脱したアセナは、まるで知り合いに遭遇したような少女の反応をいぶかしく思う。

「あの、あなた様は、こちらにお住まいの姫君でございましょうか？」

なんとか取り繕って聞いてみた。

このハレムには妃から生まれた姫君や王子も、小さい内は共に暮らしているのだ。

こんな美しい子供ならスルタンの姫だろうと思ったのだが、少女はあっさりと首を横に振った。

「違うよ、ちょっと前にスルタンの献上品として入れられたの」

「見境なしかよ」

「ほんとな」

こんなあどけない少女まで守備範囲にするスルタンにアセナが思わず毒づくと、目の前の少女はおびえる風もなく同意した。

その平静さに少々違和を覚えたが、その前に少女が明るく言う。

「ねえねえ、お姉さん、私とおなじ西の人でしょ。踊りも音楽もとっても素敵だった！　きらきら輝いていて、ひとつひとつの動きに生きるぞーって気持ちが乗って伝わってくる！」

少女の手放しの賞賛に、アセナは少々照れた。まるで勇者王に言われた時のようなこそばゆい褒め言葉は荒れた心に染み渡る。

寂しい中で同郷という共通点のある者を見つければ話しかけたくもなるだろう。和んだアセナだったが、少女がふと興味津々の顔でのぞき込んできた。

「お姉さんはここでスルタンのお気に入りになりたいの」

「冗談じゃないわよ！　できるものなら今すぐにでも出た……あっ」

さすがにあからさまに言いすぎたと青ざめたが、少女はまったく気にしていない。

イスハークに至っては呆れた顔だ。

「あれだけだだこねておいて今さらだろうに」

「ひっどい！　それもあなたの前だけだし、表では完璧な淑女してるじゃない！」

「その変わり身は凄まじいと思うぞ」

「お貴族様と付き合うには必要な技能なのよ！」

あまり目をつけられず、さりとてなめられないよう。このハレムでも、楚々とした令嬢を演じているのだ。

「……ほう？」

にや、と少女が少女らしからぬあくどい顔をした気がした。

しかしアセナが見た時には美しい微笑みを浮かべている。

「じゃあ、おねーさんはここを出たいんだ」

「そうだけど、このハレムは沢山の兵士と二重の塀と二重の堀で囲まれていて逃げるなんてできないもの。そもそも魔神に見つかって丸焼きにされてしまうわ」

実際、アセナはスルタンの怒りに触れて、やけどを負わされた女を見ている。

ずいぶん昔になるが、たとえ王の子を産んだ妃でも、火に焼かれて殺されてしまった事もあるという。そういう恐ろしい場所なのだ。

「だから、あなたも、呼ばれないように大人しくしているのよ」

アセナがそう精一杯怖い顔をして忠告したのだが、少女はきょとんとすると、なぜか、イスハークのほうを見た。アセナも見ると、彼は苦虫を噛み潰したような顔をしている。

「ほんほん、なるほど」

「……お前、お目付役はどうしたんだ」

ぶっきらぼうなイスハークにもひるまず、少女はにっこりと笑った。

「今は別行動！　というかあんたにもかわいいところがあってほっとしたよ」

これがかわいい？　とアセナはぎょっとしたが、イスハークもまた動揺を露わにして少女に詰め寄る。

「お前っなにを」

「ただの捨て鉢だったら手伝わないって言っただろ。乗りかかった船だからこそ、後味の悪い結末はごめんなんだ」

ぐっとイスハークの襟首を引っ張って少女が放った言葉は、アセナには聞こえない。

しかし、すぐに彼を解放した少女はくるりと銀髪をなびかせて、見とれるような笑みを浮かべる。

「良かった。じゃあ安心してね。数日後にはたぶん外に出られるようになると思うから、チャンスを逃さないようにね！」

そんな風に言った少女は風のように去っていった。

続いて誰かの慌てる声が響く。おそらく少女の目付役に違いない。部屋の扉の前を横切ったのは見慣れない青年だ。この女の園に青年はいないはずだから、宦官だろう。黒髪に健康的な色の肌をしているし、大陸から連れてこられたのかもしれない。

「置いていくな！　俺が物陰に引き込まれるんだぞっ」

「あはは、モテモテだなライゼン！」

そんな声が聞こえたアセナは、確かにあの偉丈夫ぶりなら後宮の女だけでなく宦官からも、連れ込まれかける事だろうと思う。

遠からず魔神の贄になる事が決まっているため、ハレムの住民は刹那的だ。

風紀は乱れに乱れている。

だがアセナはそこで、少女の名前を聞くのを忘れた事に気がついた。もっとも、それより少女の言葉が気になる。

「逃げ出すチャンスがあるってどういう意味なのかな？　……ってイスハーク、なんで頭抱えてるの？」

「……自分の判断が間違っているんじゃないかと少々不安になっただけだ。関係ない。逃げたいんなら逃げれば良いんじゃないか」

明らかに投げやりなイスハークに、アセナはうーんは腕を組む。

「まあ、万が一、億が一にもそんな機会があったら逃す気はないけど、あなたはどうする？」

「俺か？」

イスハークがいぶかしそうにするのに、アセナは頷きながら続けた。

「あなただってここの居心地が良いわけじゃないでしょ。一芸はあるわけだし、なら逃げるのもありじゃない？」

「俺の顔を見ておいて、よくそんな事が言えたな」

「えっ顔関係ある？　まあ見られた顔のほうが芸人として有利なのは否定しないけど、あなたの演奏はそれを帳消しにするくらい良いもんよ。ここに来て唯一良かったのは、あなたに出会った事だもん」

ぽかんと、イスハークが目を丸くするのを、アセナは確かにかわいいかもしれないと思った。

「とはいえ、あんな女の子の言葉を真に受けるあたしもあたしね」

だが少し話をしただけでも気持ちの良い少女だ。

あんないたいけな子供が悲惨な目に遭（あ）うのは嫌な事である。

自分の技で引き延ばせるだろうかと考えていると、イスハークがぽつりと呟（つぶや）くように言った。

「ここでやるべき事がある。だが……」

彼が見おろしたのは、自分の握る弦楽器だ。

「もし、があるのなら良いかもな」

「いけるいける！　東西南北ありとあらゆる音楽を聴いてきたあたしが保証する！　あなたの音が一番踊りやすい！」

アセナが言い切ると、イスハークはおかしそうに破顔した。

☆　☆　☆

「うわぁぁあたしのばかぁあああ！　なぜ本気を出したあああ！」

美しく着飾らされ、隅々まで磨かれたアセナは絶賛逃亡中だった。

背後からは、加虐（かぎゃく）的な笑みを浮かべて追いかけてくる男。この国でもっとも高貴な存在たるスルタンがいる。

「小ウサギはどこまで跳ね回れるかな」

四十歳を超えたほどの体格の良い男だ。この国の男らしさの象徴として豊かな髭を貯えている。

しかしながら表情が無理だ。たいへんにアウトだ。追いかけ回して追い詰めて、屈服させる事に喜びを見いだす質だ。生理的に受け付けない。

今もセクシャルハラスメント発言を連発している。

そうやって恥ずかしがったり嫌悪にゆがんだりする顔を見るのを好むのだ。

簡単に捕まえられるはずなのに、アセナが離宮内を逃げ回っていられるのもそのせいだった。

本当は無難に終わらせるつもりだったのだが、つい、ほんとうについ、力を入れてしまったのだ。

そうしたら、スルタンをはじめ見ていたらしい魔神にも気に入られたらしく、その夜の内に呼ばれたのだ。

確かに今までで一番満足いく出来だったとはいえ嬉しくない。

あっという間に風呂で磨かれて、魔神とスルタンのための離宮に放り込まれた。

「さあ、そろそろ始めようか。焼けた肌を晒して、もだえ苦しみながら踊る姿はさぞや美しかろう」

「くそ変態だった！」

スルタンの愉悦の声が響いてきて、アセナは絶望する。

このまま大やけどで死亡コースは冗談ではない。

しかし、背後から熱風を感じた。

振り返ると、スルタンに従うようにごうごうと腕を組む存在がいる。

人の形をしてはいたが、燃えさかる体躯をしているので明らかに人ではない。

魔神だ。

アセナは魔法に関して素人だったが、あれが尋常ではない強力な精霊だと理解した。

無理だ、あんなものから逃げるなんて。

そもそもこの離宮から逃げたとしても、このハレムから出られないのだ。

くじけそうになるが、曲がり角で手を引かれる。

「へい風霊！　いっちょたのんまあ！」

場違いに明るい声と共に、ふわっと爽やかな風がアセナをすり抜けた。

背後から感じていた熱気が遠ざかる。

炎が廊下をなめていたが、彼女には一筋も燃え移らなかった。

建築物が石造りなのはこれが理由なのかもしれないと思ったアセナは、自分の腕を引いた人物に驚愕する。

「良かった間に合った、大丈夫ね」

「あなたっ！」

銀髪を鮮やかに翻すのは数日前にアセナを賞賛してくれた少女だった。

「いやあ、ほんとは私が寝所に行けるようにしたかったんだけど、アセナの舞踊があんまりにも良かったもんで、釘付けになっちゃったんだよね」

照れ照れとのんきに頭を掻く少女だったが、すぐさま表情を引きしめる。

アセナはどういう事か聞こうとしたが、赤々とした炎を身にまとう魔神を背後に引き連れてスルタンが現れた。

スルタンは銀髪の少女に気づくと、不愉快そうな顔をする。

「貴様は、最近入った銀の娘か。今宵は呼んでおらぬ。貴様を愛でるのはこの後だ」

「いんや、後にも先にもないんだなあこれ……ライゼン、イスハーク」

にい、っと少女らしからぬ悪い笑みを浮かべた少女が呼んだ途端、物陰からもう二人現れる。一人は少女付きだった青年、そしてもう一人は楽器を背負ったままのイスハークだ。

まったくどういう状況かわからないアセナだったが、イスハークがスルタンを憎悪の表情で睨んでいる事に気づく。

「イスハーク⁉ どうしてここに」

「……イノリ。それで黒か、白か」

アセナの言葉には反応せず、彼はイノリと呼ばれた少女に押し殺した声で問いかけた。

少女はぐぐっとスルタンを……正確にはその背後に護衛のようにたたずむ魔神を見上げる。

「瘴泥の気配はなし、と。……ねえ後ろの魔神とやら？ この国にどうして手を貸しているの？」

魔神と話せるものなのか、とアセナが思っていると、意外にも魔神とやらはぐぐっと少女をのぞき込んでくる。

『妙な気配のするガキだな。何を言っているんだ、こいつの頼みを聞けば、好きなだけ燃やして楽しめるんだ。いいだろ？　特にその女の舞はいっとう美しかったからな、燃やしたら楽しそうだ』

上機嫌さに呼応するように、魔神の体にまとう炎がごうごうと燃えさかる。

その熱気にアセナはおびえた。気に入られてもまったく嬉しくない。

素人でもわかるほど濃密な魔力を発する魔神に、アセナはへたり込みそうだった。

しかし、少女の横顔は大して感慨を覚えていない風で、いやむしろ深く呆れのため息すらついて見せたのだ。

「あんたさあ、女口説くの下手すぎるし趣味悪い。ついでに人間社会ではまるっとアウト！　と言うわけで、こっちは引き受けるよ、イスハーク」

一体どういう意味だろう。

アセナがそう思っていると、イスハークは今までに見た事がないほど激しい感情、憎悪を露わにした。

「……ああ、この時を待っていた」

ごうごうと、魔神が発する熱と光の中で、彼は凄絶に笑う。

「スルタン、この顔に覚えはないか？」

イスハークが言うなり、右側を覆っていた布を取り去った。

右側はやけどの痕があったが、それでも整った女性的な顔立ちがよく見える。

スルタンは苛立ちながらも、イスハークを見てかすかにいぶかしんだ。

「そなた、どこかで」

「貴様が魔神の贄（にえ）にした愛妾の子供だ。母の仇（かたき）、ここでとらせてもらうぞ！」

イスハークが楽器の棹（さお）を持って引き抜くと、まっすぐな剣が現れた。

ああ、なるほど。イスハークのやるべき事というのはこれだったか。そうアセナは理解する。

だがスルタンはおかしげに笑った。

「宦官（かんがん）も兵士も近づかんこの離宮で、余を暗殺しようとした事までは褒（ほ）めてやろう。しかし、余はこの国のスルタンであるぞ！　さらに魔神の加護がある！　ただの人間に退（しりぞ）けられると考えておるのならば片腹痛い!!」

「はっはー！　私こそちゃんちゃらおかしいね！　時間を稼げば騒ぎに気づいてくれると考えているんならお門違（かどちが）いだ！　あんたは私達から逃げられない！」

「祈里、その言葉は悪役っぽいぞ」

哄笑（こうしょう）する少女に、青年が渋い顔をする。ただその青年も油断なく緊張していても、余分な気負いはないように感じられた。

アセナはおびえながらもその余裕に戸惑（とまど）う。

魔神が憤怒（ふんぬ）の形相で動き出した。

『俺を侮（あなど）るとは矮小（わいしょう）な人間め！　燃やし尽くしてやろう!!』

たちまち、炎が本流となって襲い掛かってくる。

「きゃっ」

肌を焼く熱気と視界を塗（ぬ）り潰（つぶ）す炎に、アセナはとっさに顔をかばう。

こんなものじゃ防げないとわかっていても、そうせずにはいられなかった。

しかし、少女は不敵な笑みを浮かべたまま青年に片手を差し出す。

「ライゼン！」

「ああ」

ひょいと彼女に渡されたのは、一振りの剣だ。

柄の装飾も凝っていて美しいが、少女が持つには不釣り合いなものだ。にもかかわらず、少女は慣れた仕草で引き抜く。

に、と笑った少女は、それを思いっきり振りかぶった。

「さあて、とりあえず吹き飛べ、よ！」

カッキーン！　と鳴るはずもない妙な金属音と共に、押し寄せてこようとしていた炎が一気に押し返される。

魔神は慌てて炎を消すが、その炎の壁に紛れて青年が肉薄していた。

「なぜ魔炎を退け……っぐふっ⁉」

彼が振り抜いた剣で見事に胴を抜かれた魔神がそのまま崩れ落ちるのを、少女を除く全員があっけにとられて眺める。

さらにアセナには、青年の髪が火の加減によってか、黒からわずかに銀色に変化しているように見えた。

だがしかし、あれほどの脅威を振りまいていた魔神が、こんなにあっさり倒れるのかという驚きでいっぱいだ。

「お、うまくいったねおめでと。精霊はこう気合を入れると切れるからね」

「いや、気合ではなく魔力を表面に乗せて干渉するんだろう。だがまあ、瞬間的なら魔力を放出しても影響はないか。これは収穫だ」

少女がにまにまする中、青年は興味深そうに剣を素振りしている。二人ともここが敵地だとは思えない長閑(のどか)さだ。

圧倒的な優位を疑っていなかったスルタンは魔神が倒れた事にあっけにとられていた。ぶるぶると震えて怒鳴りつける。

「な、なぜそのような鉄の棒で魔神の魔法を退(しりぞ)けられるのだ⁉」

アセナはそこでようやく少女が持っている武器が剣ではなく鉄の棒……いや鉄バットであると気づいた。

グランツ国をはじめとした周辺地域で楽しまれている遊戯(ゆうぎ)、野球の道具である。それを好んで武器に使う者なんて、勇者王くらいしかいないが。

少女がスルタンの問いに、鼻を鳴らすように応じる。

「そんなもん、私のほうが魔神より強いからに決まっているじゃない……それよりも。自分の心配をしなくていいの？」

はっと、スルタンは気づいたらしい、自分の味方がすでにいない事に。

しかし少女は平然と肩をすくめた。

「とはいえ、私達は魔神を足止めするだけだから。手は出さないよ」

「……ああ、感謝する」

イスハークが自分の剣をスルタンに向けた。スルタンは青ざめて、にじりにじりと後ずさる。

「き、貴様が余を倒したところでなんとする。余に成り代わるつもりか。スルタンは孤高の存在ぞ。貴様が、この国のスルタンになるのであれば、余と同じ道を歩む事になろう！　大義なぞ年月がたてば砂となって消えようぞ！」

「俺はあんたを殺せればどうなったっていいんだよ！」

イスハークが剣を振りかぶる。

アセナが彼と過ごしたのはこのハレムにいる間だけだ。何年もため込み続けた恨みは、見守る事しかできないだろう。

それでも、アセナは叫ばずにはいられない。

「イスハーク！　あたしはあんたの演奏で踊り足りないんだからな！」

今まさにスルタンを切り裂こうとしていた剣が、わずかに鈍った。

スルタンが無様に悲鳴を上げて、離宮の外に走り去ろうとする。

しかしながら炎の壁にはばまれた。

『許さねえぞ、許さねえ！　こうなったらてめえらごと燃やし尽くしてやらあ!!』

息を吹き返した魔神が、怒りくるいながらむちゃくちゃに腕を振るい始めたのだ。

たちまち石造りであるはずの離宮が火の海に呑まれていく。

これでは全員蒸し焼きだ。

にもかかわらず、少女と青年は絶望もなく、魔神と対峙していた。

「まあまあ予想できた事なので。手はず通りに」

「わかった。こちらは任せろ」

青年と短く打ち合わせるなり、少女は銀髪を翻（ひるがえ）して廊下を走る。

たちまち追いすがろうと魔神が伸ばした炎の腕を青年が断ち切った。

『邪魔をするな！』

魔神が苛立（いらだ）たしげに再び収束させた腕で青年を振り払おうとしたが、彼はあっさりと退（しりぞ）く。

炎に直接当たらないようにしているものの、この熱気の中でも平然と戦っている彼はあらかじめ炎の対策をしていたのだろう。

たちまち激しく繰り広げられる、炎と青年の舞踏にも似た応酬に、アセナは見とれた。が、すぐにイスハークに腕を引かれる。

「こっちだ！　逃げるぞ！」

そうだ、この熱では普通の人間では死んでしまう。

大人しくイスハークに腕を引かれるまま、離宮の回廊を走る。

離宮の回廊は外に面した開放的な作りになっているため、炎の攻防はよく見えた。

派手な水音と共に、少女の楽しげな声が聞こえる。

「ひゃっはー！　ウォータードラゴン行くぞおおお！」

ごうっとアセナとイスハークの脇を大きな水の塊が走っていった。

ワイバーンを細くしたような美しい、その水の生き物の頭に少女が楽しげにまたがっている。

所々、水生の植物が混じっているため、中庭の池の水を使ったのかもしれない。

だが、アセナは魔法使いが魔力を使って水を作り出すのも、ましてや大量の水を操るのも並大抵の事ではないと知っている。

それを年端もいかない少女が鼻歌まじりにやっている事に、開いた口が塞がらなかった。

少女が途中で水のドラゴンから飛び下りると、ドラゴンはそのまま魔神へ突っ込む。

「おいたがすぎるぜ魔神さんや、頭冷やそうじゃないか！」

魔神の注意を引きつけていた青年が、少女の声に呼応して魔神から距離をとる。

完全に虚を衝かれた魔神は、水の竜に呑み込まれた。

途端、大量の水蒸気が爆発的に広がる。

逃げ場のないアセナ達はひるむ。だが少女が鉄バットを振り回すと、ごうっと風が吹きすさび視界が一気に晴れた。

『ぐ、この程度で』

「終わると思わないでよ？」

幾分弱った様子でも忌々しそうな魔神の声が聞こえたが、少女は再び鉄バットを振りかぶっている。その片手には、風が球状に渦巻いていた。

「さあ、世界の果てに吹っ飛ぼうか！」

ひょい、と風の球を空中に投げて、鉄バットでぶっ叩く。

カッキーン！　と間の抜けた金属音と共に風の球が豪速で打ちはなたれ、魔神を夜空の向こうへ吹き飛ばした。

『うわあああぁぁぁ…………!?』

小さくなっていく魔神の姿を、アセナとイスハークはぽかんと見送る。

「ふう、良い仕事したぜ」

鉄バットを肩に担いだ少女が爽やかに額の汗をぬぐっているが、青年は微妙な顔をした。

「あれはやはりえぐいな。精霊まで吹っ飛ばすとは」

「魔力は私のほうが上だからな！　っていい加減人が来るよね。とっとと逃げたいところだけど」

「……こっちだ。隠し通路がある」

少女が鉄バットを鞘に戻しながらうなっていると、イスハークが落ち着いた調子で言った。

鉄バットが入りそうもない鞘に吸い込まれている様子をあっけにとられて見ていたアセナだったが、その言葉にはっとイスハークを見る。

スルタンは回廊で気絶している。今なら復讐を遂げられるだろう。

しかし、イスハークはスルタンにちらりと視線を投げたものの、かまわず先導し始めた。

「魔神を失ったあいつは、もう終わりだ。そろそろ革新派も踏み込んでくるはずだ。放っておいても自滅する」

「君がそれで良いなら俺達はかまわないが……本当に良いのか」

青年が問いかけると、イスハークは魔神が飛んでいった空を見上げる。

「なんだかなあ、あそこまでぼこぼこにされた魔神を見たら、充分な気がしてしまった」

彼の横顔は、複雑そうではあったが、アセナにはつきものが落ちたようにすっきりしているように見えたのだった。

☆　☆　☆

イスハークの案内で隠し通路を経由した結果、アセナは数週間ぶりにハレムの外に出た。

ハレムの中でも空は見えたが、塀の外に出るとそれだけで開放感があり、大きく深呼吸する。

案内された隠れ家らしい小屋で、青年——ライゼンと少女——祈里はてきぱきと旅装に着替えていた。その手際はこんな事態に対する慣れを感じさせる。

そこで、イスハークがスルタンに復讐するために宦官として機会を狙っていた事、革新派の手引き役をしていた事、精霊を倒せるほど強い二人に助太刀を頼んだ事を教えてもらう。

自分が途方もない事に巻き込まれていたのを知ったアセナは頭がくらくらしたが、色々と腑に落ちた。

完璧に旅装を調えた祈里が言う。

「はー、じゃあ私達はここでお別れだ」

その言葉に、隠れ家に着いてからぼんやりしていたイスハークがはっと我に返って二人を見た。

「そうだ、お前達に謝礼を……」

「うん？　ああもうもらってるから良いよ。魔神は私達の思っていたやつと違ったし、普通じゃ絶対見られないハレムの内部を観光できたしな！」

あっさりと言った祈里に、イスハークはぽかんとする。しかしライゼンは特に驚いた様子もなく、ただ呆れた顔になった。

「君が『面白そうだから』と突撃していくのは毎度の事ながら、今回も突拍子もなかったな」

「いや、だって魔神だよ？　確かめにいきたいって言ったら同意したのはあんたもじゃないか」

「……まあただの精霊で安心した」

ライゼンと言い合っていた祈里が、アセナに向き直る。

「たぶん暫くごたごたしているから逃げられると思うけど。この国から出る事をおすすめするよ」

「もちろんおさらばするわ。ハレムから持ってきた宝石を売るにも国をまたいだほうが良いだろうし」

「へこたれてなさそうで良かった。……――君のダンスをまた見れて嬉しかったよ」

に、と笑った祈里に、アセナは思わず目が釘付けになる。

少女の美しい笑顔に見とれたのも一つだが、何より強烈に勇者王に重なったのだ。

ぽかんとしている間に、祈里はぱっと銀の髪を翻してライゼンの傍らを歩き始める。

「じゃあ次どこに行こっか。ライゼン決めて良いよ」

「そうだな平和にうまい飯が食べたいものだ」

「……前科があるし、平和にはたぶん無理だと思う」

「……言うな、悲しくなる」

「ま、まあ！　それならおいしいもの誰かに聞いてみようか。そーだ、一応セルヴァに手紙送っとこう」

言い合いながら、街のほうに去っていく二人の姿を見送ったアセナは、傍らで同じように見送っているイスハークを見上げた。

「自分で頼りにしておいて言うのもなんだが、嵐みたいな奴らだった」

「確かにすごかった」

どことなくげっそりとした様子のイスハークを、アセナはそろりとうかがう。

「王子様だったんだね」

「王子、と言っても末席の末席。しかも死んだ事にされてた名無しだ。あいつを殺した後は名実共に死んでるだろうと思っていたんだが……」

「生きてるね」

「何でだろうな」

「でも次ができたよね」

イスハークが迷子の子供のような顔をするのにアセナが言ってみせる。すると彼は驚いたように隻眼で見おろしてきた。だから、アセナはにいっと笑う。

「試しに旅に出るのもありじゃない？」

「お前は甘いな」

「旅は道連れ世は情けってやつよ。こうなったらあんたを立派な旅の演奏家にしてみせるわ！」

アセナが腕を組んで胸を張って見せると、こらえきれなかったようにイスハークが笑い出す。

「本当に、お前はっ！　どうしようもないなっ」

「うわ、爆笑なんてひっどい」

アセナはむっすりとしたのに、彼は眉を上げた。

「いいのか、そんな物言いで。旅立つための資金が必要なんじゃないのか」

「えっあるの⁉　提供お願いします！　代わりに旅の知識と交換で！」

「……本当は俺のほうがもらいっぱなしなんだが」

アセナが平身低頭で必死にお願いしていると、ぼそりとした声が聞こえる。

「え、なんか言った？」

「なにも。行き先はグランツで良いな。お前が惚れ抜いた勇者王とやらの話。詳しく知りたい」

「もう故人。なんだけどね。それでいいわ」

少々不自然なイスハークは気になったが異論はない。

ただ、アセナが言いよどんだ事にめざとく気づいた彼は、いぶかしそうにする。

「どうかしたか」

「やっぱり勇者王様が亡くなられている気がしないなーと思っただけ。さあっまずは無事に街を出よう！　でも、見た目男に見える旅の道連れがいると助かるわあ」

「その事なんだが。……俺はまだ付いてるぞ」

しみじみとしていたアセナだったが、その言葉に硬直する。

ぎぎぎ、とイスハークを向くと、彼は心底楽しげな顔をしていた。

「宦官（かんがん）の検査は買収して乗り越えたからな。女顔で誰も疑わなかったんだ」

「……まじ」

「確かめてみるか？」

人の悪い笑みを浮かべるイスハークに、全力で首を振ったアセナが無事にグランツへたどり着くのはこれより一ヶ月後。

そこで「勇者王の娘」と「その護衛役」の話を聞いた二人が顔を見合わせる事になるのは、また別の話だった。

☆　☆　☆

数週間後。グランツ国城に宰相の叫び声が響いた。

「大陸外で！　なに！　やって！　いるんです⁉　あの二人はああああああ‼」

新＊感＊覚ファンタジー！

レジーナブックス Regina

無限大な魔法力でスローライフ!

利己的な聖人候補 1〜2

とりあえず異世界でワガママさせてもらいます

やまなぎ

イラスト：すがはら竜

神様の手違いから交通事故で命を落としてしまった小畑初子（通称：オバちゃん）。生前の善行を認められ、聖人にスカウトされるも、自分の人生を送ろうとしていた初子は断固拒否！　するとお詫びとして異世界転生のチャンスを神様が与えてくれると言い出して……⁉　チートな力で、せっかくだから今度は自由に生きてやります‼

詳しくは公式サイトにてご確認ください。

https://www.regina-books.com/

携帯サイトはこちらから！

新＊感＊覚　ファンタジー！

Regina レジーナブックス

庶民になれと？
願ったりですわ！

悪役令嬢の役割は終えました1〜2

月椿（つきつばき）

イラスト：煮たか

神様に妹の命を助けてもらう代わりに悪役令嬢として転生したレフィーナ。わざと嫌われ役を演じ、ヒロインと王太子をくっつけた後は、貴族をやめてお城の侍女になることに。そんな彼女は、いわゆる転生チートというやつか、どんなことでも一度見ただけでマスターできてしまう。その特技を生かして庶民ライフを楽しんでいたら、周囲の人々の目もどんどん変わってきて——？

詳しくは公式サイトにてご確認ください。

https://www.regina-books.com/

携帯サイトはこちらから！ 

専属料理人なのに、料理しかしないと追い出されました。
桜鴬
冒険者パーティーを突然クビに…
でも万能スキルで
商売繁盛!?
隠れチートな料理人の痛快グルメファンタジー！
アルファポリス

レジーナブックス
Regina

新＊感＊覚　ファンタジー！

Regina レジーナブックス

悪役令嬢の鉄拳制裁!?

転生令嬢の物理無双

卯月（うづき）みつび

イラスト：黒裄

ある日、身を挺して子どもを助け、ゲーム世界の怪力ラスボス令嬢に転生した明美（あけみ）。ゲームや貴族社会のことはわからない彼女だけれど、生まれ変わったものは仕方がない。少女へ無体を働く貴族を蹴り飛ばしたり、同級生を脅す教師をぶっ飛ばしたり……そんなまっすぐな彼女に惹かれる者たちが出てくる一方、彼女を敵視して戦いを挑む令嬢もいて——!?

詳しくは公式サイトにてご確認ください。

https://www.regina-books.com/

携帯サイトはこちらから！ 

この作品に対する皆様のご意見・ご感想をお待ちしております。

おハガキ・お手紙は以下の宛先にお送りください。

【宛先】

〒150-6008 東京都渋谷区恵比寿 4-20-3 恵比寿ｶﾞｰﾃﾞﾝﾌﾟﾚｲｽﾀﾜｰ 8F
（株）アルファポリス　書籍感想係

メールフォームでのご意見・ご感想は右のＱＲコードから、
あるいは以下のワードで検索をかけてください。

ご感想はこちらから

本書は、「アルファポリス」（https://www.alphapolis.co.jp/）に掲載されていたものを、改稿、加筆のうえ、書籍化したものです。

アラフォー少女(しょうじょ)の異世界(いせかい)ぶらり漫遊記(まんゆうき) 2

道草家守（みちくさやもり）

2020年 6月 30日初版発行

編集－黒倉あゆ子
編集長－太田鉄平
発行者－梶本雄介
発行所－株式会社アルファポリス
〒150-6008 東京都渋谷区恵比寿4-20-3 恵比寿ｶﾞｰﾃﾞﾝﾌﾟﾚｲｽﾀﾜｰ8F
TEL 03-6277-1601（営業） 03-6277-1602（編集）
URL https://www.alphapolis.co.jp/
発売元－株式会社星雲社（共同出版社・流通責任出版社）
〒112-0005 東京都文京区水道1-3-30
TEL 03-3868-3275
装丁・本文イラスト－れんた
装丁デザイン－AFTERGLOW
（レーベルフォーマットデザイン―ansyyqdesign）
印刷－図書印刷株式会社

価格はカバーに表示されてあります。

落丁乱丁の場合はアルファポリスまでご連絡ください。

送料は小社負担でお取り替えします。


ISBN978-4-434-27457-2 C0093